JN059735

天国にたまねぎはない

久米絵美里

幻冬舎

天国にたまねぎはない

"Everything human is pathetic.
The secret source of humor itself is not joy but sorrow.
There is no humor in heaven."

Mark Twain,"Following the Equator",1897

"人間とは、なにかと哀《あわ》れなものだ。
実をいうと、ユーモアの源《みなもと》というものは、
喜びではなく、深い悲しみである。
天国にユーモアはない。"

マーク・トウェイン、『赤道に沿《そ》って』、1897年天国に、たまねぎはない。

1

あ、しまった。

今日、神さま、休みだった。

学校の昼休み。紙パックのコーヒー牛乳《ぎゅうにゅう》を買おうとして財布から取り出した百円玉が、自販機《じはんき》の下にころがりこんだとき、ぼくは反射的《はんしゃてき》にそう思った。

そう思って、げんなりした。

というのも、時は九月半ば。残暑がそこかしこにこびりついた校舎の中で二学期は、いまだにそのかたちを決めかねてふわふわとしている。そんな中で、うっかり「神さま」だなんて、ふだん、まわりのみんなが聞き慣れないワードをもらそうものなら、ぼくはとてつもない窮地《きゅうち》に追いこまれることになる。

なにせ、夏休み明けの中学の空気は、のどかな気だるさに満ちているようで暇《ひま》をもてあまし、エネルギーの消費場所に飢《う》えている。これまで平凡《へいぼん》という道を、平均台を歩くようにていねいに歩いてきたぼくが、少しでも個性のようなものをちらつかせれば、その空気はあっという間に、ぼくにねらいを定めるだろう。そして、無邪気《むじゃき》な笑顔で好奇心《こうきしん》をふりかぶり、無責任な力でそれを投げつけてくるにちがいないのだ。ぼくは、そんな二学期特有の空気の餌食《えじき》に、絶対になりたくなかった。

なのに、だ。

ぼくの奇天烈《きてれつ》ないとこはあの日、ぼくの頭の中に勝手に「神さま」をインプットした。

今、ぼくが百円玉を失いげんなりしてしまったのも、そもそもはそれが原因で、ぼくは百円玉を失ったことや二学期の空気そのものよりも、そんな不運に対し、「神さま」という言葉をあたりまえのように思い浮《う》かべてしまった自分に、ひどく嫌気《いやけ》がさしていた。小さいころからさんざんふりまわされてきたというのに、ぼくにはいまだに、あの七つ上のいとこの戯《ざ》れ言《ごと》を、無意識のうちに信じてしまう癖《くせ》がある。

そう、「神さまのスケジュール」うんぬんの話になったあの日も、ぼくのいとこ、君島《きみしま》志真人《しまと》は、ぼくの家のすぐ裏《うら》の公園の、大きな柳《やなぎ》の木の下で、えらそうに腕組《うでぐ》みをして立っていた。それに対しぼくはといえば、そんな志真人《しまと》の前に、右手にたまねぎをひとつにぎりしめて立っていて、その手のひらには大きめのすり傷《きず》をかかえていた。それはその前日に、なにもないところでつまずいた際にできた傷《きず》で、だからぼくはその日、志真人《しまと》にその傷《きず》を発見される前に、自分から早口で、その傷《きず》について説明をした。

これは誰《だれ》かにやられた傷《きず》ではなく、自分の不注意でできた傷《きず》で、こけたときに、体勢を立て直そうと手をのばした壁《かべ》が、たまたま、まさかのざらざら系《けい》コンクリートだった。これは、そこでこすってできてしまった、たわいもない傷《きず》なのだ。

と、ぼくはそのとき、志真人《しまと》にたまねぎを手わたしながら、自分の小さな不幸の連続を、そんなふうに大げさになげいて見せた。志真人《しまと》に、根掘《ねほ》り葉掘《はほ》り事情を深掘《ふかぼ》りされてからかわれる前に、ぼくの方でこの一連のできごとを、かんたんなコメディにまとめておきたかったのだ。

しかし、ぼくの話を聞いた志真人《しまと》は、思ったよりも真面目な顔で言った。

「あー、じゃあ、きのうは神さま、休みだったんだな」

さらりとそう言いのけた志真人《しまと》に、ぼくは面食らった。

そして、そのいきおいで、思わずたずねてしまった。

「え。神さまに、休みとかあんの？」

たずねた瞬間《しゅんかん》、しまった、と思った。適当に受け流せばよかったところを、志真人《しまと》があまりに大真面目な顔をしていたため、つい、ぼくも真面目に反応してしまった。

するとそんなぼくに、志真人《しまと》は、心底あきれた表情を見せつけてきた。

「そりゃそうだろ、世間知らずなやつだな。安息日《あんそくび》とか聞いたことあんだろ」

結局、こんな顔をされるのであれば、おとなしく傷《きず》をいじられておけばよかった。と、ぼくはそのとき、とても激《はげ》しく後悔《こうかい》したけれど、時はすでに遅《おそ》かった。それでぼくはしかたなく、志真人《しまと》と同じ表情で志真人《しまと》を見返した。

「や、知らんし。てか、志真人《しまと》、神さまとか信じない主義だったじゃん。そっち行って変わっちゃったわけ？」

すると志真人《しまと》は肩《かた》をすくめた。

「そりゃ、天国で暮《く》らしてりゃ、いやでもな。おまえ、ネッシーにひれで、ほっぺたバーンって引っぱたかれたあとに、ネッシーは未確認《みかくにん》生物ですって言えるか？」

どこか憤慨《ふんがい》したようすの志真人《しまと》の言葉に、ぼくは少しの間、脳裏《のうり》にその映像《えいぞう》を思い浮《う》かべる時間をとる。そして、その映像《えいぞう》をじゅうぶん堪能《たんのう》すると、ゆっくりと首を横にふって、言った。

「言えないな。痛《いた》くて」

ぼくのその答えに深くうなずいた志真人《しまと》は、とても満足そうだった。

「だろ。そういうことだよ」

そのしたり顔がどうにも癪《しゃく》にさわって、ぼくは食い下がった。

「どういうことだよ。てか、休みって、神さま、一人なのかよ。やおよろずの神って、八百万って書くんじゃなかったっけ?」

「人によって一人に見えたり、八百万に見えたり、八十億に見えたりするのが神さまだ。そして、どんなに万能な社員が一人いても、大量のスタッフがいても、手薄《てうす》になる時間帯は必ずできる」

「まじか。くれよ、神さまのシフト表」

「俺《おれ》みたいな新参者が、そんなもん持ってるわけないだろ。そのくらい、自分でなんとかしろ。てか、そもそも話の肝《きも》はそこじゃねぇ。いいか、キート。これからおまえがどこですっころんでも、自分の足ばっか責めんな。その日はただ、神さまが休みってだけだから、その日はおまえもでーんとかまえて、鼻でもほじっとけ。すっころぶたびに、自分の足だけたたいてると、結局、その打撲《だぼく》で歩けなくなる。だから、いいな、キート。これからなんかヤバいって思う日があったら、その日は神さまが休みってだけだ。それは、おまえのせいじゃない」

と、志真人《しまと》はそう言ってその日、まるで自分が『世界生きぬき方辞典』の著者《ちょしゃ》であるかのように、真剣《しんけん》な表情でぼくを諭《さと》し、ぼくの脳《のう》に「神さま」という言葉を練りこんだ。

そう、志真人《しまと》は、ぼくのことを「キート」と呼《よ》ぶ。

母親の姉の息子であり、ぼくよりも年上の志真人《しまと》のことを、昔はぼくも「しーくん」と呼《よ》んでなついていたけれど、いつしか、志真人《しまと》と呼《よ》ぶようになった。ただ、ぼくの方はきちんと漢字で呼《よ》んでいる趣《おもむき》を声に残しているというのに、志真人《しまと》は昔から、「キート」と、本来は漢字表記であるぼくの名前を、やたらはっきりとのばして呼《よ》ぶ。

ぼくの母親と志真人《しまと》の母親は二歳《さい》ちがいの仲のよい姉妹で、それぞれ家庭を持ってからも同じ路線の沿線《えんせん》に住み、頻繁《ひんぱん》に行き来している。志真人《しまと》もぼくもひとりっ子ということもあり、ぼくと志真人《しまと》は、七歳《さい》差であるにもかかわらず、幼《おさな》いころから、なかなかの頻度《ひんど》で会って遊び、家族旅行もともにし、どこか兄弟のように育てられた。というのも、志真《しま》人《と》は幼《おさな》いころから大人に対して物おじせず、いつでも明るく場を盛《も》り上げるタイプで、思春期のころさえ、家族の集まりに顔を出すことをいとわなかった。

一方ぼくは、志真人《しまと》とは逆のタイプで、小さいころから王道の人見知り。なにに対してもNOと言えないくせに、嫌《いや》なことをされると深く根に持つタイプで、中学二年生という思春期どまんなかを満喫《まんきつ》している現在、親とはあまり話していない。

そう、親と最後にまともに話をしたのは、思えばもう二か月以上前。まだ梅雨《つゆ》も明けていない七月の初めの雨の日のことで、母親から、志真人《しまと》の死を伝え聞いたときだった。志《し》真人《まと》はその日の早朝に、自宅《じたく》で、本当に突然心不全《とつぜんしんふぜん》でたおれ、帰らぬ人となった。そのことを、ぼくはその日の夜、夕飯後に母親から聞いた。そのとき、母親は顔面蒼白《そうはく》になっていて、声もか細く、母親の方が幽霊《ゆうれい》のようだった。

志真人《しまと》の葬式《そうしき》に、ぼくは行かなかった。平日だったし、期末テスト期間中だったし、そもそもいとこは、忌引《きび》きの対象にはならなかった。と、葬式《そうしき》に行けない理由は本当にたくさんあって、ぼくはそのすべてにしっかりとしがみついた。本当は行けたはずの通夜《つや》にも、テスト勉強を理由に行かなかった。

だからかもしれない。志真人《しまと》の四十九日《しじゅうくにち》が明けても、ぼくは志真人《しまと》の死にいまいち実感が持てず、きっとどこか海外の僻地《へきち》へ旅にでも出ているのだろうという感覚が、ずっとあった。それで、夏も終わりに向かっていた八月末、急にぼくのスマホに志真人《しまと》から、

〈明日の朝5時、おまえんちの裏《うら》の公園に集合な。
持ちもの▼たまねぎ1個。厳守《げんしゅ》！〉

と、連絡《れんらく》が来たときも、ぼくはあまりおどろかなかった。

そして、次の日の早朝、志真人《しまと》に言われたとおり、台所のすみの箱の中にころがっていた小ぶりのたまねぎをひとつ手に取り、静かに家をぬけ出て、家のすぐ裏《うら》の公園に向かうと、そこに志真人《しまと》がいた。その公園は、小さいころ、志真人《しまと》ともよく遊んだなんの変哲《へんてつ》もない公園で、ただ、公園にしてはめずらしく、大きな柳《やなぎ》の木があることが、唯一《ゆいいつ》の特徴《とくちょう》だった。そして、そのとき志真人《しまと》は、まさにその柳《やなぎ》の木の下に、ひとり、まるで木の根元から木といっしょに生えているかのように立っていて、ぼくの姿《すがた》を確認《かくにん》すると、いつもと変わらない笑顔で、ぼくに向かって手をふった。

「よお、キート。久しぶり。ちゃんと、たまねぎ、持ってきたか」

そして、ぼくがだまってたまねぎを手わたすと志真人《しまと》は、そのつるつるとした質感を確かめるように、くるくると手の中でたまねぎをころがし、満足そうにうなずいた。

「よしよし。なあ、キート。おまえ、ちょっとバイトしてくんない？　俺《おれ》、こっちで、めちゃくちゃでかいビジネスチャンス、見つけたんだよ」

「こっちって……」

「天国。なあ、おまえ、知ってた？　天国ってさ、たまねぎねーんだよ。天国じゃ、みーんな、幸せじゃなきゃなんないじゃん？　だから涙《なみだ》が禁止されててさ、必然的にたまねぎも禁止されてんの。ウケんだろ？　でも、たまねぎって、くっそうまいじゃん。結構恋《こい》しがってる住民いるっぽくてさー、俺《おれ》はそこに目をつけた！　だから、な、頼《たの》むよ、キート。これから週一回、この時間に、ここにたまねぎ一個、持ってきてくんない？　バイト代は、ちゃんとおまえの口座《こうざ》にふりこんどくからさ。てか、今日のぶんはもう、ふりこんだしど？　信頼《しんらい》と実績の前払《まえばら》い！」

「……一個でいいの？」

「お、さすがキート。話が早いな。いい、いい、一個で。中二が毎週、スーパーでたまねぎ爆買《ばくが》いしてたら目立つだろ。一個なら、台所から拝借《はいしゃく》しても、おばちゃん、気づかねーだろうし、俺《おれ》も俺《おれ》で、危《あぶ》ない橋わたる気はねーからさ。それに週に一回一個の方が、限定感出て、いいビジネスになんだろ。よし、そういうことだから、キート、来週も頼《たの》むぞ。わかったら、もう行け。俺《おれ》、ここにいんのバレるとまずいから」

そう言って志真人《しまと》は、せわしなくぼくを追いはらい、ぼくは言われるがままに、手ぶらになった手をふらふらとゆらしながら、公園を出た。そして、出たところで一度、柳《やなぎ》の木の方をふりかえると、そこに志真人《しまと》はもうおらず、ただ、けったいな残暑を作り出そうとしている朝の光だけが、ぼくの目に、まぶしくうつりこんだ。

そんなこんなでぼくはその日から、天国にたまねぎを密輸《みつゆ》するバイトをはじめた。

2

小さいころから、志真人《しまと》にふりまわされてきたからだろうか。

志真人《しまと》の言葉は、ぼくの脳裏《のうり》に異様《いよう》にはりつきやすく、ぼくはどうにも、志真人《しまと》に逆らえない。たまねぎの密輸《みつゆ》の手伝いをすんなり承諾《しょうだく》してしまったことも、その後、本当に毎週月曜日の早朝に、志真人《しまと》にたまねぎを届《とど》けに行ってしまっていることも、すべては志真《しま》人《と》が小さいころからぼくに、あることないことを吹《ふ》きこみ続け、根気よくぼくを洗脳《せんのう》してきたからにちがいない。

ただ、ぼくがそのバイトを続けてしまっている理由はほかにもあって、それは、志真人《しまと》が冗談《じょうだん》のように口にした「バイト代」が、本当にぼくの口座《こうざ》にふりこまれていたからというものだった。初めて志真人《しまと》にたまねぎをわたした日の翌日《よくじつ》、半信半疑《はんしんはんぎ》で、お年玉貯金をあずけている自分の口座《こうざ》を見てみると、なんと「キミシマシマト」の名で一万円が、確かにふりこまれていた。週一回たまねぎを一個届《とど》けるだけで一万円は大きい。と、ぼくの心は単純《たんじゅん》によろこんで、自分のそのよろこびを正当化するためにも、志真人《しまと》は本当に天国で大きなビジネスチャンスをつかんだのかもしれないと、思うことにした。

というのも、志真人《しまと》は昔から、発想の人だった。

学校という枠組《わくぐ》みの中では、成績こそあまりふるわなかったものの、親にも学校にも言わずにエントリーしたスピーチコンテストで審査員《しんさいん》特別賞を受賞したり、年齢《ねんれい》を偽《いつわ》って参加したビジネスコンテストで大手企業《きぎょう》の企画《きかく》部長の目にとまり、高校生のころから企業《きぎょう》に出入りしたりと、何年かに一度のペースで、人をあっとおどろかせる成果をたたき出す。それが志真人《しまと》だった。

対してぼくは、そんな志真人《しまと》のななめうしろで、日々《ひび》コツコツと平凡《へいぼん》という道を整え、その上をスキップするでもなく、ギャロップするでもなく、マスゲームのような正確さで歩んできた。ゆえに、ぼくのこれまでの人生に大きな失敗は今のところなく、ぼくはそのことに、特に不満はいだいていない。だからこそ、そんなぼくの道に、志真人《しまと》が時たま急に現れて、ぼくをすさまじいいきおいでぬかしていったり、側転しながら逆走していったりしても、さほど気にならなかったし、そんなぼくらだったからこそ、大きなケンカをすることもなく、つかずはなれずの関係性をずっと保つことができてきたのかもしれない。

七歳差《さいさ》、という微妙《びみょう》な年齢差《ねんれいさ》も、もちろん影響《えいきょう》していたとは思う。

ぼくが去年、中学に入学したとき、志真人《しまと》は大学に入学した。志真人《しまと》は高校卒業後、半年ほど、ひとりでふらふらと、海外をバックパックひとつで放浪《ほうろう》し、帰国するなり自己推《じこすい》薦《せん》入試で、それなりに名のある大学の法学部に、するりと合格した。かと思うと、また数か月間旅に出て、入学式の前日に帰国。志真人《しまと》がぼくの銀行口座《こうざ》の情報を知っているのは、その謎《なぞ》の旅行期間中に、志真人《しまと》に頼《たの》まれて何度か、ぼくが志真人《しまと》のかわりにコンビニで請《せい》求書《きゅうしょ》の支払《しはら》いをするなどの雑用をこなしたからで、それ以外にも、海外からだとアクセスできないからと、動画視聴《しちょう》サービスのサブスクを解約しておくよう命じられたり、志真人《しまと》のアカウントで志真人《しまと》の好きなミュージシャンのライブチケットをとっておくよう言われたりと、本当にぼくは昔から、志真人《しまと》にこき使われてばかりいる。

大学入学後も、志真人《しまと》は授業よりも、中学高校でいう部活動のようなものにあたる、「サークル活動」なるものにのめりこんでいた。それは、いろいろなビジネスコンテストに、チームや個人で企画《きかく》を出すというサークルで、志真人《しまと》はそこで腕試《うでだめ》しをくりかえしながら、いつか自分も起業するのだと、ことあるごとに、目を輝《かがや》かせて言っていた。

そんな実業家気質のところがあったためか、志真人《しまと》はとにかく好奇心旺盛《こうきしんおうせい》で、SNSのヘビーユーザーでもあった。新サービスがリリースされると、誰《だれ》よりも早く登録し、情報収集《しゅうしゅう》を重ね、友達申請《しんせい》をしまくり、日に何度も更新《こうしん》して、フォロワーを増やした。そうして各サービスの特色をつかむと、今度はむやみやたらに投稿《とうこう》することはやめ、それぞれのアカウントで微妙《びみょう》に情報の出し方を変えて、それぞれの場にぴったりの、@shimato_kimishimaという人物のイメージを形成した。

ぼくがそんな志真人《しまと》のアカウントとつながるようになったのは、中学に入り、スマホを手に入れてからで、つまり、つい去年のことだった。志真人《しまと》のフォロワーには、目を疑《うたが》うような有名人やインフルエンサーもいて、最初はぼくもおどろいた。急に志真人《しまと》という人間を遠くに感じて、次に会ったときに以前と同じように話せるかどうか自信をなくしかけさえした。しかし、志真人《しまと》は旅行中であろうと大学生活を満喫中《まんきつちゅう》であろうと、変わらずぼくに頻繁《ひんぱん》に連絡《れんらく》をよこし、その内容はだいたいどうしようもなくくだらないものであったため、ぼくの中の遠近感はすぐにぐちゃぐちゃになった。思えば志真人《しまと》はいつも、すさまじいいきおいでマシンガントークをするため、いっしょにいると、ぼくはいつも、魚眼レンズで志真人《しまと》を見せられているような気持ちになる。そんな圧迫感《あっぱくかん》の中で育ったので、そもそも遠近感など、ぼくと志真人《しまと》にはなんの関係もなかった。

が、いつまでもそんなでたらめな世界で暮《く》らしていると、視力《しりょく》が悪くなる。それでぼくは、志真人《しまと》に三個目のたまねぎを届《とど》けた日の朝、自分の中のくるいを正そうと、とうとう志真人《しまと》にたずねた。

「なあ、志真人《しまと》って、死んだんじゃなかったっけ」

本人を前に口にしてみると、その問いかけはまるでただのゲームの話のようで、なかなかに馬鹿らしかった。だからこそ、そう口にした瞬間《しゅんかん》、やはりあの日、ぼくに志真人《しまと》の死を告げた母親の姿《すがた》は、テスト勉強に疲《つか》れていたぼくの脳《のう》が見せた、ただのバグだったのかもしれないと、すとんと腑《ふ》に落ちた。

にもかかわらず、ぼくの目の前で志真人《しまと》は、笑ってうなずいた。

「おう。そうだよ、死んだよ。なんだよ、今さら。俺《おれ》が天国に行ったのに納得《なっとく》がいかないってか。まあ、おまえもせいぜいこれから徳をつんで生きろよ」

志真人《しまと》があまりにさらりとそう言ったので、ぼくの視界《しかい》はまたゆがむ。

それでぼくは、メガネにかわる、とっておきの事実をくり出すことにした。

「じゃあなんで、おまえのアカウントは生きてんの？　きのうも今日も、ふつうに更新《こうしん》されてんだけど」

「……は？」

本当にびっくりしたようすの志真人《しまと》に、ぼくはスウェットのポケットから自分のスマホを取り出し、見せる。表示されている志真人《しまと》のＳＮＳのアカウントは、志真人《しまと》が死んだはずの七月以降《いこう》も、たんたんと更新《こうしん》され続けていた。

それで志真人《しまと》は目をむく。

「マジかよ。ちょっと貸せ」

と、ぼくからスマホを引ったくった。

そして、次々《つぎつぎ》といくつかのＳＮＳのアプリを起動して目を通すと、べしっとひたいに手をやり、大げさになげく。

「軒並《のきな》みやられてんじゃん。誰《だれ》だよ、おまえ」

「え、なに、乗っ取り？」

「あたりまえだろ。俺《おれ》、死んでんだから」

「うわ、だっさ」

「うっせぇな。うわー、マジかよ。誰《だれ》か気づけよー。こんな投稿《とうこう》、全然俺《おれ》らしくねーじゃん。なんで誰《だれ》も疑問《ぎもん》に思わんのかね。最近、志真人《しまと》くん変わったね、君島《きみしま》くんらしくない投稿《とうこう》だねって、さわぎ立てろよ、皆《みな》の者」

「おまえが思ってるほど、世の中におまえのファンは多くないんだよ」

「ファンは多い。理解者がいないだけだ。あー、いらつくわー。おまえ、ちょっと、犯人、さがしてくんね？」

「や、無茶言うなし」

想像力は、行動力に直結する。できそうなことを依頼《いらい》されたときよりも、やり方に見当もつかないようなことを頼《たの》まれたときの方が、断りやすくて気が楽だ。

しかし残念ながら、志真人《しまと》の創造性《そうぞうせい》は、いつだってぼくを凌駕《りょうが》する。志真人《しまと》はそこで、急になれなれしくぼくの肩《かた》に腕《うで》をまわすと、ずっと我《わ》がもの顔で手にしたままでいたぼくのスマホを、ぼくに見せつけてきた。

「これだ。これを使え」

「レシピエンヌ？」

それは、ぼくでも知っているレシピ系《けい》アプリだった。

「そ。ざっと見たところ、乗っ取られてないアカウントは、これだけだった」

ぼくはまず、そんな意外なアプリのアカウントまで持っている志真人《しまと》の手広さに図らずも感銘《かんめい》を受けたが、それからすぐに顔をしかめた。

「いや、レシピアプリでなにができんだよ。犯人逮捕《たいほ》のまじない薬でも調合しろってか」

「そそ。なんでもいいから、適当にレシピ投稿《とうこう》しといてくれ。自分じゃない誰《だれ》かが、俺《おれ》のアカウント使ってるって気づけば、向こうからアクション起こしてくんだろ」

「いや、気づかないんじゃね。このアカウントだけ乗っ取られてないってことは、そいつもこのアカウントの存在《そんざい》に気づいてないってことだろ」

「だから、やる意味があんだろ。いいか、まず帰ったら、今、俺《おれ》がログインしているこの状態で、なんでもいいからレシピを一個投稿《とうこう》しろ。したら、この、犯人に乗っ取られてログインできなくなってる俺《おれ》のメアドに、自動的に確認《かくにん》メールが飛ぶ。『レシピの投稿《とうこう》に成功しました。あなたが今、投稿《とうこう》したレシピのURLはこちらです。』だかなんだか、そんな文面のやつだ」

「……なるほど。そしたら乗っ取り犯がおどろくわけだ。乗っ取ってないはずのアカウントが更新《こうしん》された、って?」

「そ。んで、おまえはレシピ投稿《とうこう》したら、すかさず、レシピエンヌの会員情報に登録してある俺《おれ》のアドレスを、自分のに変えろ。このアカウントまで、犯人に乗っ取られないようにする」

「で?」

「そっからは向こうからのアクション待ち。まあ、なんかしかけてくんだろ」

「え、急にノープラン発動すんじゃん。そんなうまくいくわけなくね？」

「いかせんだよ。な、バイト料、上乗せすっから」

「や、でも俺《おれ》、料理できないし」

ぼくは志真人《しまと》からスマホを受け取ると、画面に広がるカラフルなサイトを見つめる。表示されているのは、志真人《しまと》のマイページだ。そこには、これまで志真人《しまと》が投稿《とうこう》したらしいいくつかのレシピがならんでいて、ぼくはそれにさっと目を通す。

志真人《しまと》が料理までできるなんて、知らなかった、と、おどろいた。

しかし、三つ目のレシピを見たところで、そのおどろきも消え去る。

ぼくはそこでやっと、志真人《しまと》がこのアカウントでどうふざけていたかを理解した。

〈涙《なみだ》ぐすり〉

材料……たまねぎ　1個

工程……1．たまねぎの皮をむく。
2．半分に切る。
3．両方とも、とにかくこまかくきざむ。

備考……たまには思いきり、泣いてやろう。
涙《なみだ》は人を、水に戻《もど》す。
ふやけるほど泣いたなら、心のどっかはやわらかくなる。

〈世界一ソース〉

材料……たまねぎ　1個

工程……1．たまねぎを4分の1にカットする。
2．それぞれをすりおろす。
3．生でも、ニンニクと炒《いた》めてもアリ。

備考……とがった思考が受け入れられない？
大衆《たいしゅう》ソースをかけてごまかせ。
たまねぎは、世界中で大量消費されている野菜である。

〈瓶底《びんぞこ》メガネ焼き〉

材料……たまねぎ　1個

工程……1. たまねぎを横向きに厚切りにする。
2. サラダ油を引いたフライパンで両面をじっくり焼く。
3. 大きめの皿に、2つ並《なら》べる。

備考……視力《しりょく》の悪さは、努力の証し。努力の裏《うら》には、涙《なみだ》あり。
それを見せない、それも努力。

つまり、志真人《しまと》のレシピはどれもとても料理と呼《よ》べるしろものではなく、「涙《なみだ》ぐすり」にいたっては、ただのみじん切りでしかない。それでも志真人《しまと》は、さも革新的《かくしんてき》な創作《そうさく》料理を開発したかのように、仰々《ぎょうぎょう》しく、そのみじん切りの写真を撮《と》っていて、真面目にふざけたそのレシピたちは、どれも「シマウマオニオン」という名前で投稿《とうこう》されている。

どうやらレシピはたまねぎ限定のようで、その謎《なぞ》のしばりのせいか、料理スキルの乏《とぼ》しさのせいか、志真人《しまと》のそのアカウントはもう一年以上、放置されている。そう、ぼくの記《き》憶《おく》はまちがっていなかった。志真人《しまと》は料理などできない。ゆえに、さすがの志真人《しまと》をもってしても、このサービスを完璧《かんぺき》に使いこなすことは不可能だったのだろう。ぼくはその事実を無表情で受け止めると、最後にひらいたレシピの備考欄《びこうらん》を指さしながら、思い切り顔をしかめた。

「なぜにポエムつき?」

嫌悪感《けんおかん》マックスのぼくのリアクションを受けて、それでも、志真人《しまと》は平然としている。

「真面目に料理上げてもつまんねーだろ。アクセス数稼《かせ》ぐには、センスのあるタイトルと一貫性《いっかんせい》のあるテーマ。いいか、おまえもなんか工夫しろよ。くさっても、俺《おれ》のアカウントなんだからな。俺《おれ》の名を汚《けが》すような真似だけは、絶対にすんな」

汚《けが》すもなにも、とっくに崩壊《ほうかい》しているアカウントだ。

ぼくは、ため息をつく。

まあ、いいか。とりあえず、現在志真人《しまと》のメアドを乗っ取っている犯人に、レシピ更新《こうしん》のメールが届《とど》けばいいのだ。ここでこれ以上、志真人《しまと》とやり合うよりも、さっさと言うとおりにした方が手っ取り早い。犯人からのコンタクトがなければ、志真人《しまと》もあきらめるだろう。

「わかった、わかった。やっとくから、もー行っていい？　遅刻《ちこく》するし」

「おー、行け行け、青少年」

それでぼくは、登校するために帰宅《きたく》する。いつものように、公園を出たところでふりかえると、木の下に志真人《しまと》の姿《すがた》はもうなかった。

3

〈天使の羽根のサラダ〉

材料……○たまねぎ　1個
○ポン酢《ず》

工程……1．たまねぎを薄切《うすぎ》りにする。
2．切ったたまねぎを水にさらす。
3．皿に盛《も》りつけ、お好みでポン酢《ず》をかける。

備考……切れると泣けて、煮《に》こむと甘《あま》い。
大切なものとの距離《きょり》は、だいたいたまねぎ。

投稿《とうこう》した。

投稿《とうこう》してしまった。

投稿《とうこう》ボタンを押《お》したとき、ぼくの血は真っ赤になって、それはそれはいきおいよく体中をかけめぐった。たまねぎについてよく聞く､血をさらさらにする効果とは、このことだったのかと、ぼくはこれで、必要以上に深く思い知った。

ただ、それから胃《い》の中が燃えるように熱くなって、口の中がピリピリする感覚が強くなり、腸《ちょう》がよからぬ音を立てはじめて、ぼくの体は、たまねぎの新たな情報を知った。

人間の体は、生のたまねぎを、一気に大量に食べられるようにはできていない。トイレにかけこみ、スマホでその異様《いよう》な腹痛《ふくつう》の原因を調べ、ぼくは初めてそのことを学んだ。

そう、ぼくはその日の放課後、父親も母親も仕事から帰ってきていない夕方の時間帯をねらって、大急ぎでこの「料理」を完成させ、写真を撮《と》り、証拠隠滅《しょうこいんめつ》よろしく、その場ですぐに、その「料理」をすべてかっこんだ。使った包丁やらざるやらは、瞬殺《しゅんさつ》で洗《あら》い上げ、ふきんで水気をとってかたづけてある。

と、この一連の流れを乱暴《らんぼう》にこなしたがために、ぼくの心身はいたく傷《きず》ついたが、ここでめげてはすべて意味がなくなる。ぼくはトイレで腹痛《ふくつう》と戦いながら、なんとか、レシピエンヌに登録してあったメールアドレスを、志真人《しまと》のものからぼくのものへと変更《へんこう》し、すべてのミッションを終了《しゅうりょう》した。

これでもう、こんな馬鹿げたアカウントとはおさらばだ。

その、はずだった。

しかし、次の週の月曜日の朝、ぼくはこれまでの人生でいちばん絶望的な表情で、志真《しま》人《と》に、自身のスマホを見せつけることとなった。

「どうしてくれんだよ、これ」

その日、たまねぎよりも先にスマホを手わたしたぼくに志真人《しまと》は、瞳《ひとみ》からわき出る期待をちっとも隠《かく》そうともせずに、わくわくと声をはずませた。

「お、なんだ、さっそく犯人から反応あったか」

しかし、無言で力なく首をふったぼくに志真人《しまと》は、きょとん、と年甲斐《としがい》もなくとぼけた表情を見せ、ぼくが画面に表示しておいたレシピエンヌのダイレクトメッセージを読みはじめる。

そこには、こうあった。

タイトル　【記事掲載依頼《けいさいいらい》】

シマウマオニオン様

いつも当社のサービスをご利用くださり、誠《まこと》にありがとうございます。

レシピエンヌ広報担当《たんとう》の佐藤《さとう》と申します。突然《とつぜん》のご連絡《れんらく》を失礼いたします。

この度は、シマウマオニオン様にご相談があり、ご連絡《れんらく》させていただきました。

当社は現在、さらなる男性ユーザー様の獲得《かくとく》を目指し、さまざまな企画《きかく》を立ち上げております。中でも最近、力を入れておりますのが、現在当社サービスをご利用くださっている男性ユーザー様の特集記事で、この度はぜひ、シマウマオニオン様にインタビューさせていただきたく、お願い申し上げます。

シマウマオニオン様のご投稿《とうこう》はとてもユニークで、男女問わず、ユーザー様に当社サービスの新しい利用方法を提示してくださる、話題性の高いレシピです。

ぜひ、前向きにご検討《けんとう》の上、ご返信をいただけましたら幸いです。

何卒よろしくお願いいたします。

株式《かぶしき》会社レシピエンヌ　広報部　佐藤《さとう》

このメッセージは、ぼくがレシピを投稿《とうこう》した次の日に、「シマウマオニオン」のアカウントのメッセージボックスに届《とど》いていたものだった。このメッセージを見たとき、ぼくはさらなるやっかいごとの気配を感じて血の気が引いたが、メッセージを読み終えた志真人《しまと》は、案の定、流れ星をつかまえたかのような顔をしている。

「まじか！　すげぇ！　くっそおもろそうじゃん。で？　おまえ、なんて返事したん？」

「するわけないし」

「なんでだよ！　即《そく》レスはビジネスマンの鉄則だろ！　あー、もう、ほら、俺《おれ》がしてやっから……」

「や、待て、なんて返すつもりだよ」

「は？　もちろん、よろしくお願いしますの一択《いったく》だろ。あー、どうだろなー、この感じだと、インタビューっつっても、メールオンリーか電話か、よくてオンラインか？　そんじゃつまんねぇし、こっちから仕掛《しか》けるか。『佐藤《さとう》様のご都合のよいお時間に、ぜひ貴社《きしゃ》にお伺《うかが》いさせてください』。攻《せ》めすぎか？　ま、いっか。いいな！」

「志真人《しまと》？　あ、おい！」

ぼくの叫《さけ》びもむなしく、志真人《しまと》はあっという間に返信を打ち終え、まさかの送信までをも一気に終えてしまう。その鬼《おに》のような速さに、ぼくは怒《いか》りをこえてあっけに取られた。ぼくは、気楽な相手へのなんの変哲《へんてつ》もないメッセージでも、送信前に何度か読んで内容や誤字脱字《ごじだつじ》を確認《かくにん》するというのに、志真人《しまと》はいつもこのいきおいなのだろうか。これは、人生の速さがちがう。

「よし。レシピエンヌの会社の中、どんなだったか、あとで教えろよ。俺《おれ》、好きなんだよなー、企業訪問《きぎょうほうもん》」

にこにこと目をほそめながら、悪びれもせずにスマホを返してきた志真人《しまと》に、ぼくは閉口《へいこう》する。ぼくはなにをしているのだろう。志真人《しまと》に見せれば、こうなることはわかっていたはずで、これはぼくの落ち度だ。こんなメッセージ、元々《もともと》の目的であるアカウント乗っ取り犯さがしとはなんの関係もないのだから、見せなければよかった。ただ、ぼくはこれまで自分のアカウントになにかを投稿《とうこう》したことがなく、あのレシピは図らずも、ぼくの初《はつ》投稿《とうこう》で、その投稿《とうこう》のすぐあとに、まるでぼくの投稿《とうこう》にリアクションするようにメッセージが来たため、ほんの少しだけ高揚感《こうようかん》をおぼえてしまった。志真人《しまと》でも使いこなせなかったアカウントを、ぼくが動かしてやったと、そんな優越感《ゆうえつかん》がなかったといえば、嘘《うそ》になる。

ぼくは小さな人間だ。

そして、その代償《だいしょう》は大きい。

ぼくはなんと面倒《めんどう》なことを、自ら引きこんでしまったのだろう。

ぼくはたくさんの後悔《こうかい》を一気に肺《はい》につめこむと、すべてをその場でため息としてはきさる。それから、スマホと引《ひ》き換《か》えに志真人《しまと》にたまねぎをわたすと、なにも言わずに志真人《しまと》に背《せ》を向け、とぼとぼと帰路についた。志真人《しまと》には、どうせいつも、ぼくのなんの言葉も届《とど》かない。無言立ち去りこそが、最強の抗議《こうぎ》のカードだと思った。

しかし志真人《しまと》には、ぼくの無言すら届《とど》かない。

「来週もよろしくなー！」

志真人《しまと》のその声は、平和そのもので、ふりむかずとも、志真人《しまと》がのん気に手をふっている姿《すがた》が目に浮《う》かぶ。それでぼくは再び、ハッと短く息をつくと、そのまますたすたと、一度もふりむかずに家に戻《もど》った。

そして、その日のうちに、レシピエンヌから返信があった。

4

「こん、にちは」

都内某所《ぼうしょ》のオフィス街の一画。いくつかの会社が集まっているオフィスビルの十九階までエレベーターで上がると、エレベーターホールでぼくを待っていたその人は、ぼくを見るなり、明らかに言葉につまった。

下から上までなめるように見るまでもなく、ぼくが未成年であることはあまりにも明らかで、ごまかしようがない。幸い、まだ夏服期間だったので、ぼくはいかにも学生服という出《い》でたちではなく、黒のスラックスに白シャツのみという制服に、リュックもごくふつうの黒のバックパックだったが、それでも「放課後の学生感」というものは、どうしてもにじみ出てしまうものなのだろう。元々《もともと》強く隠《かく》す気もなかったため、ぼくは相手の反応に、大して落胆《らくたん》することもなく、ただ、だまって小さく頭を下げた。

その相手はといえば、薄《うす》いベージュのパンツスーツに、中はシンプルな白Tシャツ。おそらく染《そ》めていないと思われる地毛の髪《かみ》はまっくろで、少しパサついている。長いとも短いとも言えない長さのその髪《かみ》は、無造作にひとつにまとめられていて、メイクもおそらく薄《うす》いと言われるタイプのもの。その飾《かざ》り気《け》の少ない女性は、女性の年齢《ねんれい》を想像することに長けていないぼくからすると、志真人《しまと》と同じくらいの年齢《ねんれい》に見えた。少なくとも、三十歳《さい》はこえていないだろう。靴《くつ》もスーツと同じようなベージュでヒールはほぼなく、唯一《ゆいいつ》の特徴《とくちょう》といえば、耳にかざられたゴールドのピアス。よく見るとそれは、たまねぎのかたちをしていた。もちろんそれは、今日、「シマウマオニオン」に会うからという、気遣《きづか》いによるものなのだろう。大人は、大変だ。

そして、しばしエレベーターホールにて無言で見つめ合ってしまったぼくらの沈黙《ちんもく》を、その人はやがて、さすが大人という対応で、解除《かいじょ》してくれた。少しだけ上ずった声をすぐに調整して、その人は名乗った。

「あ、っと、失礼いたしました。わたくし、メッセージを差し上げました、佐藤《さとう》と申します。えっと、シマウマオニオンさん、ですよね？」

もちろん、ちがったけれど、ぼくはうなずく。

すると、佐藤《さとう》さんはあいまいな笑みを浮《う》かべて、ぼくを奥《おく》のオフィスエリアへと案内した。そして、ぼくをほかの社員から隠《かく》すように、入口のすぐ近くの会議室に誘導《ゆうどう》すると、手早くドアをしめて、仕切りなおすようにいきおいよく顔を上げる。それから、ジャケットのポケットから取り出した名刺《めいし》を、ぼくに差し出した。

「改めまして、わたくし、レシピエンヌ広報部の、佐藤《さとう》と申します」

これが名刺《めいし》か。と、ぼくはひとまず、差し出された名刺《めいし》を両手で受け取り、生まれて初めて手にしたその小さな長方形を、まじまじとながめた。

〈株式《かぶしき》会社レシピエンヌ　広報部
アシスタントプランナー　佐藤《さとう》　多味《たみ》〉

レシピエンヌのロゴに、会社の住所、電話番号、メールアドレス。

そこにはさまざまな情報がつめこまれていて、しかし、やはりその中でひときわ目を引くのは、中心に据《す》えられた名前だった。こんなときは、どんなリアクションをとることが正解なのだろう。ぼくは、さまざまな混乱《こんらん》と緊張《きんちょう》がうずまく頭の中から、どの反応を引っぱり出せばいいのか決めかねて、結局、小さな声でつぶやいた。

「甘《あま》そうな名前ですね」

すると意外にも、それで佐藤《さとう》さんの表情がやわらぐ。エレベーターホールでの出会いから、ずっと後悔《こうかい》ととまどいをただよわせているように見えた佐藤《さとう》さんの瞳《ひとみ》は、一瞬《いっしゅん》大きくまるくなったかと思うと、ふはっと息をはいて笑ってくれた。

「ですよね。本名なんです。小さいころは、ダジャレみたいで嫌《いや》だったんですけど、就活《しゅうかつ》で存分《ぞんぶん》にネタにさせてもらって、今では親に感謝してます。名前はサトウ多めの甘口《あまくち》ですが、自分に甘《あま》くはありません、味のある大人を目指してがんばります、佐藤多味《さとうたみ》です、なんて。この会社に入れたのも、この名前のおかげかもしれないです」

「押尾《おしお》さんやスーさんという方がいらしたら、ぜひユニットを組んでほしいです」

「いいですね。今度、就活生《しゅうかつせい》の面接をする機会が回ってきたら、チェックしておきます」

「お願いします」

そして、ぼくらはまた無言で見つめ合う。

今のやりとりは、合っていたのだろうか。志真人《しまと》じゃないぼくは、十四歳《さい》でこんなところを訪《おとず》れるという人生を想定していなかったので、先ほどから、気持ち、自分に志真人《しまと》を憑依《ひょうい》させてみていたが、ずっとうっすらすべっている気がする。

事実、佐藤《さとう》さんはそれから、にこっと笑うと、とうとう本題を切り出した。

「えっと、それで、失礼ですが、ご年齢《ねんれい》をお聞きしてもよろしいでしょうか。事前に確認《かくにん》させていただいた会員情報では、君島志真人《きみしましまと》さん、現在二十一歳《さい》、学生と記載《きさい》があったのですが……」

どう見ても未成年ですよね、というセリフを飲みこんだ佐藤《さとう》さんはやはり大人で、そんな立派《りっぱ》な大人の佐藤《さとう》さんをこれ以上、こまらせたくなくて、ぼくはうなずく。

「すみません、十四歳《さい》です」

「十、四……」

「中学二年生です」

「ですよねー」

そう言って、佐藤《さとう》さんはわかりやすく頭をかかえる。

実にしのびない。

「そっか、中学生かー。いや、うーん、そうね、中学生男子が料理っていうのも、また切り口としては、すごく、うーん、や、でも……」

いろいろ考えていた想定がくずれたのだろう。佐藤《さとう》さんは、思考を声にたれながして首をひねっている。そして、

「あ、ごめんなさい、とりあえず、どうぞ、おすわりください」

と、ぼくにその壁《かべ》全面がホワイトボードになっているおしゃれな会議室の、おしゃれないすをすすめると、自分もその向かいのおしゃれないすに腰《こし》をおろして、息をつく。

「えーっと、あれですかね、料理をはじめたきっかけは、忙《いそが》しいお父さんお母さんを助けたいとか、小さい弟妹にお弁当を作ってあげたいとか、そういう感じの……？」

「いや、全然ちがいます」

「……だよね。そういう感じのレシピじゃないもんね」

佐藤《さとう》さんの口調がくずれはじめてきたが、当然、ぼくはそれに対して失礼だとか馬鹿にされているとは感じなかった。それを感じるべきは、どちらかというと佐藤《さとう》さんで、でもそう感じてはいないそうなところに、佐藤《さとう》さんのどうしようもない人のよさがにじみ出ている。

どうなのだろう。このような人のよさは、大人として生きる上で必要なのだろうか。それとも佐藤《さとう》さんのような大人は、志真人《しまと》のような悪気のない荒唐無稽《こうとうむけい》な人間にふりまわされて消費されてしまうのだろうか。もしくは、悪気のある傍若無人《ぼうじゃくぶじん》な人間にこき使われて消耗《しょうもう》してしまうのだろうか。

もしかすると、このインタビュー企画《きかく》は、佐藤《さとう》さんがそんな人生をぬけ出そうと、起死《きし》回生《かいせい》をかけて挑《いど》んだ大切な一手だったのかもしれない。だとすれば、ただただ申しわけない。

と、なにも言えずにだまっているぼくに、佐藤《さとう》さんはゆっくりと質問を選んでたずねる。

「えっと、ちがう年齢《ねんれい》で登録したのは、成人じゃないといけないと思ったから？」

「そんな感じです」

「レシピを投稿《とうこう》したのは、遊び感覚で……？」

「えーっと、はい、なんとなく」

「たまねぎだけにしたのは……？」

「そこに、たまねぎがあったので」

「なるほど」

佐藤《さとう》さんの手元には、なんらかの書類があり、本来はそれを使ってぼくになにかを説明したり、質問したりする手はずであったと思われるが、佐藤《さとう》さんはいろいろな混乱《こんらん》のすえに、フリースタイルを選択《せんたく》したらしく、メモもとらずに時間をうめるような質問を放り続ける。

そして、もう一度、うーんとうなると、やっと、あたりまえのことを口にした。

「えっと、まずは、実際は未成年ということで、もし、企画《きかく》にさせていただくとしたら、保護者の方の承諾《しょうだく》が必要になります。それから……。あの、大変、申し上げにくいんですが、もしインタビュー記事を掲載《けいさい》させていただけた場合、君島《きみしま》さんのアカウントは、多くの方の目にふれることとなり、私《わたし》たちもそれを期待して、今回のお話をお願いさせていただいているので、記事掲載《けいさい》後、えっと、一度もレシピが更新《こうしん》されないというようなことになりますと、我《わ》が社《しゃ》としてもやらせを疑《うたが》われてしまうかもしれなくてですね、それはお互《たが》いにとって、あまりよくないと思うんです。なので……」

佐藤《さとう》さんが視線《しせん》を下げて、ぼくはほっとする。

大変申しわけないのですが、今回のお話はやはりなかったことに……。

まるで脳《のう》みそだけが近々《きんきん》の未来にタイムスリップしたかのように、ぼくの脳内《のうない》ではその言葉が、佐藤《さとう》さんの声で、とてもなめらかに再生された。

が、少しでも志真人《しまと》がからんでいる未来は、いつだって一筋縄《ひとすじなわ》ではいかない。

佐藤《さとう》さんは、もう一度顔を上げてぼくをまっすぐに見つめると、言った。

「記事掲載《けいさい》前に、少なくとも三つ、レシピをためておいてもらえませんか?　ネタって、まだあります?」

「え？　あ、や、えーっと……」

「この際、たまねぎでなくてもかまいません。記事掲載《けいさい》をきっかけに、ちがうお野菜にも手を出せば、可能性は広がりますよね。もしよろしければ、私《わたし》もアイディア出し、お手伝いします。あ、こんなのどうでしょう。にんじんをまるまるそのまま蒸《む》して、〈ビタミンA懐中電灯《かいちゅう》〉とか！　にんじんに多くふくまれるビタミンAが不足すると、暗いところで視力《しりょく》が調整できなくなって、ものが見えにくくなるんですよ。夜盲症《やもうしょう》っていうんですけど、ご存知《ぞんじ》でした？」

「はあ……。あ、いや、あの、知りませんでした」

「あ、ごめんなさい、私《わたし》、なんか調子に乗りました」

「いえ、なんというか、気を遣《つか》わせてすみません。ただ、あの……」

ぼくは、ここに来てからというもの、ずっと落ちつかないでいた気持ちを、ほんの一瞬《いっしゅん》だけ、両こぶしの中ににぎりこむと、佐藤《さとう》さんの目は見ずに、志真人《しまと》が見たがっていたレシピエンヌのおしゃれな会議室のすみっこを見つめて、言った。

「できたら、たまねぎだけのままがいいです」

そう言うことで、佐藤《さとう》さんに「じゃあ、やっぱりこの企画《きかく》はなしで」と言ってもらいたかったのかもしれないし、そうじゃない気持ちもあったかもしれない。ただ、そう言ったぼくに佐藤《さとう》さんは、少しだまったのち、神妙《しんみょう》な面持ちで、

「そうですよね、シマウマオニオンさんですもんね」

と、とても納得《なっとく》してくれた。

そして、息をつくと、どこかふっきれたかのような笑みを見せる。

「本来であれば、未成年である君島《きみしま》さんを、大人が見せ物にするような企画《きかく》はよくないとわかってはいるんです。だから本日、君島《きみしま》さんにお会いした瞬間《しゅんかん》、この企画《きかく》はあきらめようと思ったんですけど……」

そして佐藤《さとう》さんは、そこで恥《は》じらうように机《つくえ》の上で両手の指を落ちつきなくからませると、大きな飴《あめ》でもなめているかのような甘《あま》さを声にからめて言った。

「私《わたし》、実は前から、シマウマオニオンさんのファンだったんです。ああ、うちのサービスをこういう使い方してくれるんだっていうおどろきもあったんですけど、なんていうか、うちのサービスをおもしろくしたいっていう気概《きがい》というか、明るい頼《たの》もしさみたいなものを写真の撮《と》り方とか、言葉選びのひとつひとつから感じて、けど内容は繊細《せんさい》でやさしくて……。でも、登録してすぐに更新《こうしん》が止まってしまわれたので、やっぱり飽《あ》きちゃったかな、

無理があったのかなって思っていたら、この間、また更新《こうしん》してくださって、なんだかとてもうれしくて……。それでつい、お声がけしてしまいました。なので、はい、たまねぎ限定は、ぜひつらぬいてください。なにか、きっと思い入れがおありなんですよね、たまねぎに」

佐藤《さとう》さんからの想像以上の熱を受けて、ぼくは虚《きょ》をつかれる。ええ、実は天国にはたまねぎがないらしくて、と、浮《う》かびかけたセリフを、あわててその真っ黒な穴《あな》のような虚《きょ》に流しこんで隠《かく》した。

すると佐藤《さとう》さんは、ぼくに本当のことを話し終えてすっきりしたのか、どこか清々《すがすが》しい顔で、立ち上がる。

「でも！　ファンなので、記事にするなら、その記事でシマウマオニオンさんの魅力《みりょく》をきちんと発信したいですし、その記事でシマウマオニオンさんを不幸にしたくはありません。有象無象《うぞうむぞう》のネット民の炎上《えんじょう》の種にはしたくないので、記事にするなら、しっかりと準備したいんです。なので、お願いします。たまねぎレシピ、あと最低三つ、考えてきてください！」

そう言って佐藤《さとう》さんは、あろうことか、ぼくに頭を下げた。

とんでもない大人だな、とぼくはその気迫《きはく》にすっかりけおされて、そのとき、すぐに、無理です、できません、と口にできなかった。

そして、ご連絡《れんらく》お待ちしています、と見送られて乗った無人のエレベーターのドアが閉《し》まると、ぼくは、これまでの人生でいちばん長いため息をついて、天を仰《あお》いだ。

志真人《しまと》、おまえ、ファンいたんだな。

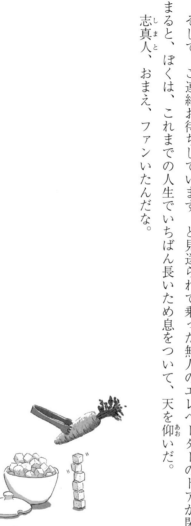

5

世の中に、くだらないものがあふれているように見えるのは、人の数だけ趣味嗜好《しゅみしこう》があるからで、ぼくにとってくだらないものは、誰《だれ》かにとっての宝《たから》なのかもしれず、それを思えば世の中には、くだらないものの数ほど、宝《たから》があるのかもしれない。

ぼくにはよさがちっともわからないアイドルは、誰《だれ》かにとって神にもなりうる存在《そんざい》で、ぼくには疲《つか》れる人ごみでしかないフェスは、誰《だれ》かにとっての天国。ぼくにとってはダサさのかたまりでしかない志真人《しまと》のレシピは、佐藤《さとう》さんにとっての聖書《せいしょ》なのだ。ということは逆に、ぼくにとっての神と天国と聖書《せいしょ》は、ほかから見れば、くだらないものなのかもしれない。と、思考上の式では理解できたけれど、そもそもぼくは、神も天国も聖書《せいしょ》も、なにも持ち合わせていなかった。

今あるものといえば、毎週の志真人《しまと》との待ち合わせと、佐藤《さとう》さんとのスリー・モア・レシピの約束。そして、毎週台所からくすねている、たまねぎがひとつ。

だからぼくは今日も、台所のすみからたまねぎをひとつひろいあげると、朝から志真人《しまと》のもとへ向かった。さすがに残暑は去り、朝は空気がすっかりしっとりとしてきて、呼吸《こきゅう》がしやすくなっている。公園の木々《きぎ》の葉は、紅葉《こうよう》する気配はまだ見せていないものの、夏で瑞々《みずみず》しさを使いきり、空気がはらんでいる水分に肩《かた》をあずけて、ひっそりと次の季節を待っているように見えた。そんな、葉っぱたちの疲労感《ひろうかん》がそこここに広がった公園に足を踏《ふ》み入れて、ぼくはふと疑問《ぎもん》に思う。

志真人《しまと》も、こんな季節の移ろいを肌《はだ》で感じられるのだろうか。

志真人《しまと》と公園で待ち合わせをするようになってからというもの、志真人《しまと》はゆるめのジーンズに、重めのシルエットのシンプルな白いTシャツを着ていた。ただ、生前から、志真《しま》人《と》の装《よそお》いはいつも、思いのほかとんがっていなかったため、今の志真人《しまと》のファッションが天国系《てんごくけい》なのか、ただのいつもどおりの志真人《しまと》のものなのか、わからない。わからなかったがしかし、公園に向かうぼくのスウェットが長袖《ながそで》になったその日、いつものように柳《やなぎ》の木の下で待っていた志真人《しまと》は長袖《ながそで》のパーカーを着ていて、なるほど、志真人《しまと》は死してなお、季節感を大切にするタイプなのだなと知った。

「よお、キート。どうだった、レシピエンヌのオフィスは」

「おしゃれだったよ」

「おう、どうおしゃれだった?」

「なんか、会社って感じだった」

「おまえな」

「で、犯人からメッセージ来たんだけど、どうする？」

「は？　まじで言ってんの？」

大真面目だった。そもそもレシピエンヌへの投稿《とうこう》は、そのためにおこなったのだ。佐藤《さとう》さんの大人ぶりやシマウマオニオンへの熱量に、ついほだされそうになってしまったが、レシピエンヌ訪問《ほうもん》は元々《もともと》の目的が達成されるまでの暇《ひま》つぶしのようなもので、本命から連絡《れんらく》が来たのであれば、そちらは放っておいていい。

ぼくは、先日と同様、レシピエンヌのアカウントに届《とど》いていたメッセージを、志真人《しまと》に見せる。そこには、ストレートにぼくを疑《うたが》うメッセージが表示されていた。

〈あなた、誰《だれ》？　なんで志真人《しまと》くんのふり、してるの？〉

それで志真人《しまと》は、一瞬《いっしゅん》まゆをよせると、ぼくのスマホを手に取り、メッセージ送信者のページに飛ぶ。そして、しばらくその人物のマイページをながめると、納得《なっとく》するようにうなずいて肩《かた》をすくめ、すぐにぼくにスマホを返した。

「こりゃ、サトコだ。犯人じゃねーな」

「誰《だれ》？」

「ワタナベサトコ。俺《おれ》の大学のクラスメート」

「大学にもクラスとかあるんだっけ」

「一応な。ぜんぶがぜんぶ、大教室で何百人もいっしょに講義受けるわけじゃねーのよ。語学とかは、三十人単位とかでふつうの教室っぽいとこでやるから、それで一応、クラス分かれてんの。ま、そのへんは中学とあんま変わんねーわな」

「へえ」

「で、サトコは、そのひとり。いいやつだよ。あ、そうだ、おまえ、サトコに相談に乗ってもらえよ」

「え、俺《おれ》、別に悩《なや》みとかないけど」

「あんだろうがよ。俺《おれ》のアカウント乗っ取りの犯人」

「ああ」

「おまえにやる気がないことは、はなからわかってる。このままおまえにまかせておいても、なにも進展《しんてん》しないのは目に見えてるからな、これはきっと神さまのおぼしめしだ。サトコは責任感のあるいいやつだから、巻《ま》きこめば、すぐにできるかぎりのことをしてくれる」

「めんどいよ。レシピエンヌ行ったときも、なに話せばいいかわかんなすぎて、罪悪感やばかった」

「それはおまえが、変に俺《おれ》のふりなんぞしくさったからだろ。サトコは俺《おれ》が死んでること知ってっから、ふつうにおまえがおまえとして話しゃーいいんだよ」

「それがやだって言ってんの」

「あー、はいはい、手間のかかる子でちゅねー。ほら、お膳立《ぜんだ》てしてやっから」

するとしまと志真人《しまと》はまたぼくの手から、スマホをうばいとり、ささっと操作《そうさ》をする。

志真人《しまと》は、細身ですらりとしており、数年前まで、ぼくはいつも、志真人《しまと》のことを見上げていた。しかし、年の差とは不思議なもので、七歳《さい》差という数字は変わらないというのに、こちらが中学二年生ともなると、背丈《せたけ》の差は縮《ちぢ》んでくる。いつしかぼくは志真人《しまと》を見上げなくなり、あんなに大きく見えていた志真人《しまと》の身長は、実は平均よりもほんの少し高いくらいだったということを最近知った。

それなのに、ぼくはいまだに感覚的に、志真人《しまと》との間に大きな差を感じていて、少し力をこめれば取り返せるはずのスマホに、手をのばすことすらできずにいる。二十一歳《さい》でこの世を去ってしまった志真人《しまと》の歳《とし》を、ぼくはいつかこの世で追いぬくはずだけれど、そのときが来ても、ぼくはこのあきらめをかかえたままでいるのだろうか。死というどうしようもない力によって志真人《しまと》は、ぼくの中で永遠に「届《とど》かない存在《そんざい》」として固定されてしまったのだろうか。今まで、あえて邪険《じゃけん》にあつかうことで、見ないようにしてきた自分の中の感情が少しざわついて、ぼくはよけいに、志真人《しまと》に手を出せなくなった。

そうこうしているうちに志真人《しまと》は、いつものように自分のやりたいことを、やりたいようにまよいなくやりとげ、子どものように無邪気《むじゃき》な笑顔で顔を上げる。

「よし。これであとはサトコにまかせりゃ大丈夫《だいじょうぶ》だろ。サトコから返信きたら、ちゃんと返せよ。俺《おれ》に恥《はじ》かかせんな。よし、じゃ、行け！」

そう言って志真人《しまと》は、まるで人質交換《こうかん》のように、スマホと、ぼくの手の中のたまねぎをスマートに取り替《か》える。そして、そのたまねぎをパーカーの前ポケットにしまうと、あごの先で、ぼくを追いやった。

それでぼくは、志真人《しまと》に言われるがまま、いつものように公園を去る。

去りがてら、手元のスマホを確認《かくにん》すると、そこには今、志真人《しまと》が作成したメッセージが表示されていた。


〈はじめまして。

ぼくは、君島志真人《きみしましまと》のいとこです。

実は、このアカウント以外の志真人《しまと》のＳＮＳのアカウントが、誰《だれ》かに乗っ取られているようで、今、その犯人をさがしています。

あなたは、志真人《しまと》のクラスメートのワタナベサトコさんですか？

犯人に心当たりなどないでしょうか。

もしよろしければ、相談に乗ってもらえると助かります。

よろしくお願いします。〉

メッセージの最後には、ぼくの携帯《けいたい》の電話番号とメッセージアプリのＩＤが勝手に載《の》せられている。そして、もちろんメッセージは、すでに「送信済《ず》み」になっていた。

はあ、と、ぼくは大きく息をはいてふりかえる。

柳《やなぎ》の木の下に、志真人《しまと》の姿《すがた》はもうない。

はいた息も、白く色を残すには季節はまだ中途半端《ちゅうとはんぱ》で、ぼくのまわりにはなにも残らない。ぼくはただ、新たなやっかいごとだけをかかえて、家に戻《もど》った。

6

「キートくん」

待ち合わせをしていたカフェにぼくが到着《とうちゃく》するなり、サトコさんはぼくをそう呼《よ》んで、席から立ち上がった。

志真人《しまと》の友人、しかも志真人《しまと》が「いいやつ」と称《しょう》した女性なので、ワタナベサトコという人物は、さぞかし変わった人物なのだろう。そう思いこんでいたけれど、その予想に反してサトコさん、もとい渡辺紗都子《わたなべさとこ》さんは、とてもやわらかい印象の、どちらかというと、志真人《しまと》よりもぼくに近い感覚を持っていそうな女性だった。

背丈《せたけ》はぼくよりも低く、髪《かみ》は、丸顔にそった黒髪《くろかみ》のボブヘア。服装《ふくそう》は、ゆったりとした秋色のワンピースの下にジーンズをはいていて、靴《くつ》はぼてっとしたぺたんこ靴《ぐつ》。かばんも、ブランドなどは一切意識されていなそうな、使い勝手重視《じゅうし》のリュックで、ぼくが言うことではないけれど、どこか幼《おさな》い印象の人だった。というより、どこかの言葉で、「大きな葉っぱの下でひっそりと暮《く》らしながらたまに人間を助けてくれる小人」のことを、コロポックルと呼《よ》ぶと聞いたことがある気がするが、紗都子《さとこ》さんにはまさに、その雰囲気《ふんいき》があった。

要は紗都子《さとこ》さんは、こちらに年齢《ねんれい》や警戒心《けいかいしん》を感じさせない人だった。

そしてもちろん、それはぼくにとって好都合で、紗都子《さとこ》さんが、ＴＨＥ華《はな》の女子大生という圧迫感《あっぱくかん》を背負《せお》っているタイプではなかったからこそ、志真人《しまと》の通っていた大学の近くのカフェで目が合った瞬間《しゅんかん》、ぼくの中の緊張《きんちょう》はいくぶんかほぐれた。

「よかった、すぐにわかって。ごめんね、こっちまで来てもらっちゃって。おごるね、なにがいい？」

先について席をとってくれていた紗都子《さとこ》さんはそう言って、ぼくのために注文カウンターへ足を運ぼうとする。それでぼくは、街ではよく見かけるわりに、いまだに自分では頼《たの》んだことのないそのチェーンのカフェのメニューをぼんやりと思い出してみた。しかし、ただカタカナが多いということしか思い出せなかったため、すぐにあきらめて、

「あ、じゃ、すみません、えっと、同じので」

と、紗都子《さとこ》さんがすでに飲んでいた小さな紙コップの中身が、生クリームが主体の、写真映《ば》えするタイプの高額なものではないことを確認《かくにん》してから言った。

紗都子《さとこ》さんはにこりと笑うと、すぐに注文へ行き、紗都子《さとこ》さんと同じサイズのホットドリンクとともに、大きなソフトクッキーを持って帰ってくる。そして、ぼくにそれを差し

出しながら、言った。

「遠慮《えんりょ》してもらっちゃったから、これ、おまけ。甘《あま》いもの、大丈夫？」

紗都子《さとこ》さんの気遣《きづか》いに、ぼくはおずおずとうなずく。ドリンクの正体が、甘味《あまみ》のないカフェラテだったので、しっかりとした甘《あま》さのあるクッキーが追加供給《きょうきゅう》され、正直助かった。ぼくはコーヒーにはミルクと砂糖《さとう》をしっかり入れるタイプで、本来であれば、カフェラテではなくコーヒー牛乳《ぎゅうにゅう》を頼《たの》みたかったくらいなのだ。それを思うと、砂糖《さとう》なしのカフェラテを好んで飲んでいる紗都子《さとこ》さんは、やはりコロポックルではなく、ふつうの人間の大人なのかもしれない。

そう、レシピエンヌのアカウントに送られてきた紗都子《さとこ》さんからのメッセージに、志真《しま》人《と》がぼくを名乗って勝手に返信をすると、紗都子《さとこ》さんからは、すぐに返事が来た。返事は、志真人《しまと》がぼくに断りもなく記載《きさい》したぼくのメッセージアプリのアカウントの方に来て、ワタナベサトコさんが渡辺紗都子《わたなべさとこ》さんであることは、そのメッセージ内ですぐに明かされた。

ただ、そんなことよりもぼくは、紗都子《さとこ》さんがぼくのことを、志真人《しまと》から聞いて知っていた、という紗都子《さとこ》さんからのメッセージ内容に、ずいぶんとおどろいた。ぼくのことを、志真人《しまと》は自分のクラスメートにどのように話していたのだろう。話すことなど、あったのだろうか。

そのことが気になりはしたけれど、こちらから追求することはプライドが許さず、ただ、実際に会ってみた紗都子《さとこ》さんが、ぼくのことを、「キートくん」とカタカナっぽい発音で呼《よ》んだので、きっと、志真人《しまと》からぼくのことを聞いていたのは本当なのだろうと、それだけは確信できた。

そして、ぼくがこうして、志真人《しまと》の大学の近くで紗都子《さとこ》さんと会うことになったのは、自力で生活費と学費を稼《かせ》ぎながら一人暮《ぐ》らしをしているという紗都子《さとこ》さんがとにかく多忙《たぼう》であったからで、暇《ひま》をもてあましている男子中学生のぼくは、放課後、紗都子《さとこ》さんが大学の授業を終え、大学近くのバイト先へ向かう前の束《つか》の間《ま》の時間に、おじゃますることになった。そもそも、直接会う必要があるのかどうか疑問《ぎもん》だったが、紗都子《さとこ》さんはあたりまえのように、直接会って話そうと言い、それを、ぼくは断れなかった。

そして、紗都子《さとこ》さんがぼくをうながすように自分のカフェラテを一口飲み、それにつられて、ぼくが熱々《あつあつ》のカフェラテを一口、ズッとすすると、それが会話開始のゴングとなった。

「キートくんは、えっと、体調とか、大丈夫《だいじょうぶ》？　いろいろ、もう元気？」

紗都子《さとこ》さんは伏目《ふしめ》がちに、いろいろなことを気遣《きづか》いながら、そう切り出した。

きっと紗都子《さとこ》さんの中でぼくは、仲のよい親族を亡《な》くしたばかりの不憫《ふびん》な少年なのだろう。思えば、あれ以来、ぼくは母親とも志真人《しまと》の話をしていない。こうして志真人《しまと》の死がぼくに与《あた》えている影響《えいきょう》について、真正面から心配される状況《じょうきょう》は初めてだった。

ただ、せっかくのその気遣《きづか》いに対して、ぼくはシンプルにうなずくしかない。

大丈夫《だいじょうぶ》もなにも、ぼくは今も毎週、なんならば生前よりも高い頻度《ひんど》で、志真人《しまと》に会っているのだ。

「はい。問題なく元気で、志真人《しまと》に申しわけないくらいです」

「そんな、申しわけないなんて思わなくて大丈夫《だいじょうぶ》だよ。志真人《しまと》くん、キートくんのこと大好きだったから、自分のせいでキートくんがちょっとでも苦しい思いをしたら、そっちの方がつらいと思う。お葬式《そうしき》とか、中学生だったら行ったことなくてもおかしくないわけで、そういうのもふくめて、結構引きずっちゃうことって、あるんじゃないかって……。あの、ごめん、こんなべらべらと勝手に気持ちを想像されるのも嫌《いや》だとは思うんだけど」

と、紗都子《さとこ》さんは、想像以上のスピードで転がり出してしまったらしい自分の言葉のいきおいを、そこであわてて止める。それでぼくは、紗都子《さとこ》さんが急ブレーキをかけたその言葉の前に、ゆっくりと自分の声を放った。

「あ、俺《おれ》……。あっと、ぼく、志真人《しまと》の葬式《そうしき》とかお通夜《つや》、ついでに四十九日《しじゅうくにち》も行けなかったんです。期末試験で。あ、四十九日《しじゅうくにち》は、ただ単純《たんじゅん》に、腹《はら》こわして行けなかったんですけど」

「え、あ、そっか、そうだったんだ……」

紗都子《さとこ》さんが、またあせったように目を泳がせたので、ぼくは申しわけない気持ちになる。ぼくの声と言葉は、冷たく響《ひび》いただろうか。どう、フォローすればいいだろう。

それでぼくは、今のぼくが持つすべての日本語スキルをフルに活用する。

「えっと、紗都子《さとこ》さん、は、来てくれたんですか。志真人《しまと》の、葬式《そうしき》」

行く、でなく、来る、しかも「来てくれた」。どうだろう、この身内感あふれる言葉選びは、紗都子《さとこ》さんの中のぼくという人間の温度を、少しは上げただろうか。

と、その温度変化についてはいまいちわからなかったが、ぼくのその言葉に、紗都子《さとこ》さんの視線《しせん》はとりあえず泳ぐのをやめ、ぼくの瞳《ひとみ》にとどまることを選ぶ。

「うん。……うん。お通夜《つや》もお葬式《そうしき》も、両方、参加させてもらった。なんか、私《わたし》の中で同級生の死っていうのが、すごくショックで、ちゃんと消化したいっていう自分本位な気持ちが強かった気がして、今思うと、申しわけないんだけど……」

紗都子《さとこ》さんは思いつめた表情で、自分のカフェラテの紙コップを両手でぎゅっとつつむ。

紗都子《さとこ》さんは、とても真面目な人なのだろう。このままでは、「私《わたし》、実は大学の卒業論《ろん》文《ぶん》のテーマは、志真人《しまと》くんの死についてにしようと思ってるの」と神妙《しんみょう》な表情で切り出しかねない。それでぼくはあわてて、先ほどから気にしていた言葉の温度計を投げすて、会話の空気の湿度《しつど》を、ドライにする方向に舵《かじ》を切った。

真面目な人と真面目に繊細《せんさい》なつき合いを始めてしまうと、後戻《あともど》りができなくなって、人生が硬直《こうちょく》する。それはまるで硬《かた》いつみきのようなもので、一ミリのずれも許されないつみ方ではじめてしまうと、そのうち、こちらの呼吸《こきゅう》や身じろぎすら制限されるようになり、その関係は、崩壊《ほうかい》するまで人をその場に固定するのだ。そんな関係を、ていねいにつみ上げていくことでしか築けない人生の城というものもあるような気はしたが、それを全人類と作るなんて不可能で、たったひとつであったとしても、ぼくはまだ、一国一城の主《あるじ》になる責任を負いきれる年ではなかった。

だからぼくは、声を限界まで軽くすると、あえて雑な雰囲気《ふんいき》をかもし出して言った。

「あ、や、志真人《しまと》はほんと、そういうの気にするタイプじゃないと思うんで。それより、たぶん、自分のアカウントを好き勝手されてることの方にキレてるんじゃないかと思うので、もし、紗都子《さとこ》さんに誰《だれ》か犯人の心当たりがあったら教えてもらいたくて。俺《おれ》、志真人《しまと》とはいつもくだらない話しかしてこなかったんで、友だちとかそういう人間関係のこと、全然知らないんです」

早口にそう言い切ったぼくに、紗都子《さとこ》さんはなぜか大きく何度もうなずく。せっかくぼくが会話の空気をかわかすように事務的なテンポを心がけたというのに、紗都子《さとこ》さんの瞳《ひとみ》は、心なしか潤《うる》んでいるように見えた。

「うん……。志真人《しまと》くんは、キートくんのそういうところに救われてたんじゃないかな。志真人《しまと》くんはいつも誰《だれ》かと戦っていて、誰《だれ》よりも繊細《せんさい》なのに最前線で体を張るところがあったから、人間関係に疲《つか》れたときに、そういうしがらみがないキートくんとなんでもない話をすることに、すごく癒《い》やされてたんだと思う。うん。きっと、キートくんこそが、志真人《しまと》くんのあの強烈《きょうれつ》な生き様の力の源泉《げんせん》だったんじゃないかな……」

紙コップをつつむ紗都子《さとこ》さんの両手の力が、またぎゅっと強くなる。

しまったな、と、ぼくは思った。

ぼくは今日、志真人《しまと》のアカウント乗っ取りの犯人さがしという目的を持ってやってきていて、それは紗都子《さとこ》さんも同じだろうと思っていたが、もしかするとちがったのかもしれない。紗都子《さとこ》さんはきっと、誰《だれ》かとこうして志真人《しまと》の死について感情を分かち合い、いろいろな言葉で志真人《しまと》を形容し合うことで、志真人《しまと》の人生のアルバムを完成させ、自分の中の本棚《ほんだな》のいちばん落ちつくところにしまって、安心したかったのだ。今、この瞬間《しゅんかん》もきっと、志真人《しまと》という物語をちょうどよく完結させて、すっきりさせたいと思っている。ぼくはその物語に足りないピースとして、ぴったりの存在《そんざい》だったのだろう。

でも、残念ながら志真人《しまと》の物語は、まだ続いている。

そしてぼくは、その物語を他人に穢《けが》されないために、派遣《はけん》された。

なので、もし、紗都子《さとこ》さんがアカウントの乗っ取り犯について、手がかりになるような情報をなにも持っていないのだとすれば、ぼくはこの会話を早めに切り上げなければならない。なにしろ、紗都子《さとこ》さんが紙コップをつつむ両手にこれ以上力をこめれば、紙コップの中の液体は噴水《ふんすい》のように飛び出てしまう。そうなれば、ぼくにはもう到底《とうてい》、湿度《しつど》調整などできなくなる。そう、だから――。

早く話を切り上げよう。

ぼくの湿度計《しつどけい》がこわれないうちに。

それでぼくは、一気飲みするには熱すぎる目の前のカフェラテを、なんとか早く冷まそうと、くしくも紗都子《さとこ》さんと同じように紙コップを両手でつつみこむ。もういっそ、カフェラテをわざとこぼして制服にかけ、それを口実にこの場を立ち去ろうかとも思ったが、さすがにぼくも、こんなところで致命的《ちめいてき》なやけどを負いたくなかった。

と、ぼくが、穏便《おんびん》かつ無傷《むきず》でこの場から退却《たいきゃく》する方法について懸命《けんめい》に考えていると、紗《さ》都子《とこ》さんは、ポケットから取り出したタオルハンカチを目に当てて涙《なみだ》を押《お》し戻《もど》し、ふっ、と息をつく。そしてすぐに背筋《せすじ》をのばすと、言った。

「そう、それでね、キートくん。その乗っ取り犯のことなんだけど、私《わたし》、もしかしたら、って思ってる人がいるの」

急に話の流れが変わって、ぼくの方が紙コップをにぎりつぶしてしまいそうになる。

「え」

「や、もしかしたら、なんだけどね。なんの証拠《しょうこ》もなくて、めっちゃぬれぎぬかもしれないんだけど、実は志真人《しまと》くんのサークル――あ、サークルって、中学でいう部活みたいなものなんだけど、志真人《しまと》くんがいたその部活みたいなやつにね、志真人《しまと》くんのこと、すっごくライバル視《し》してた子がいるの。志真人《しまと》くんのサークルの話は聞いてる？」

「あ、えっと、なんか、ビジネスコンテストとかに、とにかく応募《おうぼ》しまくるみたいなやつですよね」

「そう。それでその、その子……。相馬《そうま》くんっていうんだけど、相馬《そうま》くんは、いつも志真《しま》人《と》くんにコンテストとか、サークル内のプレゼン選抜《せんばつ》とかで負けてて、要は志真《しま》人《と》くんにすごく嫉妬《しっと》してたみたいなのね？　だから、もしかしたら、志真《しま》人《と》くんのアカウント乗っ取って、志真《しま》人《と》くんの評判を下げるような嫌《いや》がらせをするとか、もしくは逆に志真《しま》人《と》くんが築いた人脈を自分のものにするとか、そういうこと、するかもしれなくて、乗っ取る動機がいちばんある気がするの」

急に話が具体的に加速して、ぼくはあわてる。すっかりこの場から立ち去るモードに入っていた足腰《あしこし》を、急にいすに引き戻《もど》されて、ぼくは思わず、何度かいすにすわりなおしてしまった。しかし、もぞもぞとしているぼくをよそに、紗都子《さとこ》さんはそのままアクセルを踏《ふ》みぬく。

紗都子《さとこ》さんは、真剣《しんけん》な顔で言った。

「だからね、キートくん。実はキートくんに、お願いがあるんだ」

紗都子《さとこ》さんの瞳《ひとみ》はもう潤《うる》んではおらず、逆に中でなにかが燃えているようだった。

「お願い、ですか」

「うん。キートくんから連絡《れんらく》をもらえたとき、チャンスだって思った。私《わたし》もね、志真人《しまと》くんのアカウントがずっと動いてること、おかしいなって思ってて、相馬《そうま》くんかもって思ってたんだけど、私《わたし》、直接相馬《そうま》くんと話したことないし、いきなり相馬《そうま》くんに連絡《れんらく》とっても、あんた誰《だれ》、志真人《しまと》の何？　で、終わっちゃうだろうなって思って、なかなか行動できなくて。でも、キートくんは正真正銘《しょうしんしょうめい》、志真人《しまと》くんの親戚《しんせき》で、なんていうか、志真人《しまと》くんのアカウントに対する責任とか権利《けんり》が、ちゃんとあるでしょ？　だから、お願い。今からいっしょに、志真人《しまと》くんのいたサークルの部室に行って、相馬《そうま》くんに聞いてほしいの。あなたが犯人ですかって」

「え、い、今から、ですか」

「うん。ごめんね、私《わたし》、あんまり時間なくて。すぐ行ける？」

そう言って紗都子《さとこ》さんは、ちらりとスマホを見やり時間を確認《かくにん》すると、ぼくの返事も待たずに、自分のぶんのカフェラテを飲みほす。

まだこの席について、十分も経っていない気がするが、紗都子《さとこ》さんにはこのあと、バイトの予定がある。日を改めるのも億劫《おっくう》だし、日を改めたら、もう部室に突撃《とつげき》などという強行突破《とっぱ》は、ぼくにはとてもできそうにない。

それでぼくは結局、まだ一気飲みには熱すぎるカフェラテを、必死に飲みほすことになり、その結果、初めて入ったこのカフェの紙コップの保温性の高さを、しっかりと体感することとなった。

体の中に、自分の血とまったくちがう温度の液体が流れこんでいく。

ぼくはその感覚を、体の中心でめいっぱい感じると、紗都子《さとこ》さんに続いて、あわてて席を立った。

7

「君島《きみしま》の、いとこ？」

紗都子《さとこ》さんにつれられて、カフェから大学構内に移動し、志真人《しまと》が所属していたというサークルの部室を訪《おとず》れると、そこでは五人の男女が、特になにをするでもなく、ソファにすわってのんびりとしていたようだった。しかし、紗都子《さとこ》さんがノックのあとにためらいなくその扉《とびら》をあけると、彼《かれ》らは一様に、突然《とつぜん》やってきたぼくらに奇異《きい》の目を向け、紗都子《さとこ》さんがぼくを、志真人《しまと》のいとこだと紹介《しょうかい》すると、やはり一様にとまどった表情で、顔を見合わせた。

それはまるで、「君島《きみしま》のいとこ」という、未来予測の難《むずか》しい肩書《かたが》きを持つぼくが、これからどんなカードをくり出すのか――それを、それぞれが何枚《なんまい》想像できているか、見せ合っているかのようだった。

こういう、そこそこ名の知れた大学に通う大学生たちはきっと、人生の見通しを立てることが得意で、このような不測の事態に対しても、ある程度の行動設計図をぱっと描《えが》ける瞬発力《しゅんぱつりょく》があるのだろう。加えて、それをコツコツと忠実《ちゅうじつ》に再現する持続力、ちょっとしたアクシデントになら柔軟《じゅうなん》に対応できる応用力も兼《か》ねそなえているにちがいない。もちろん、志真人《しまと》のように飛びぬけた要領のよさや圧倒的《あっとうてき》な突破力《とっぱりょく》で人生を切りひらいていくタイプもいるのだろうが、ぱっと見たかぎり、この部屋に志真人《しまと》と同じタイプはいないように見えた。

もちろん、ぼくには大学生のことなど、なにもわからないのだけれど。

そもそもぼくは、大学にも部室があるということすら知らなかった。

と、自分だけ場違《ばちが》いであることの緊張《きんちょう》を、観察でなんとかごまかそうとしているぼくのとなりで紗都子《さとこ》さんは、人間が仕掛《しか》けた罠《わな》にうっかり引っかかりながらも、人間に対し、せいいっぱいの威嚇《いかく》をしている小動物のような表情をしている。ぼくよりはマシであるものの、紗都子《さとこ》さんもやはり、アウェー感の強さを感じているようだった。しかし紗都子《さとこ》さんはそれでも、体をこわばらせながら、五人のうちの誰《だれ》にともなく、口をひらいて言い放つ。

「相馬《そうま》くん、いますか」

「え、レーイチ？」

「はい。この子が、志真人《しまと》くんのことで、用があって」

紗都子《さとこ》さんより先輩《せんぱい》なのか後輩《こうはい》なのかわからない人たちに向かって紗都子《さとこ》さんは、ていねいに、でもなめられないように声に張りを持たせながら、ぼくに思った以上の責任をぶん投げてくる。それは少々《しょうしょう》ずるすぎはしないかと思ったけれど、ぼくも紗都子《さとこ》さんに、すべての会話をぶん投げていたので、お互《たが》いさまだった。

すると、先ほどから互《たが》いの顔ばかり見ていたその面々《めんめん》のうちのひとりの女性が、気まずそうな顔のまま、発言する。

「あーっとね、レーイチ、今日は五限まである日だから、たぶんもう部室には来ないと思う。ごめんね」

その人があやまる必要はなにもないはずなのに、「ごめん」と口にする場合は大抵《たいてい》、これでこの話は終わりにしようという合図だ。その女性は、紗都子《さとこ》さんとはちがったタイプで、しかし、必要以上にはキラキラしていないという点は共通している人だった。清潔感があふれていて、いかにも真面目そうであり、まともなことしか言わなそうな雰囲気《ふんいき》がある。

そして、確か大学の授業は、中学とちがい、ひとつが九十分ある。そのことは志真人《しまと》から聞いたことがあり、五限まであるということはつまり、授業が終わる時間は、夕方よりも夜に近い時間になるということ。よって相馬レーイチは本日、もうここには寄らずに帰宅《たく》する可能性が高い。女性の説明は、一分のすきもなく、すっきりと筋《すじ》が通っていた。

しかし、その横にいた男性は、なんの因果か、空気を読めないことが短所であり長所である、といったタイプだったようで、女性の言葉にすぐに反応すると、

「え、でも、レーイチ、今日の飲み、来るって言ってたから、ふつうにここ寄るっしょ」

と、善意《ぜんい》のかたまりのような瞳《ひとみ》でのたまった。

するとその男性を、女性は一瞬《いっしゅん》、軽蔑《けいべつ》しきった目でじとりとにらむ。やっかいごとを遠ざけようとせっかく打った最善《さいぜん》の一手を、なぜおまえは盤《ばん》ごとひっくりかえすのだ、と、その視線《しせん》の中にはそう書いてあった。そしてぼくはそれを、すべてきちんと読み取ることができた。

紗都子《さとこ》さんは、どうだったのだろう。

ふたりの会話を受けて紗都子《さとこ》さんは、あーっと、演技とも本気ともとれない絶妙《ぜつみょう》な大きさの声を出すと、続けて、少し説明じみたセリフを口にした。

「五限終わりってことは、六時か。私《わたし》、六時からバイトなんだよね」

だよね、と丁寧語《ていねいご》がついていないということは、このセリフは、ぼくに向けられたもの

ということなのだろう。それでぼくは、その続きを予測して絶望した。

「すみません、この子、どうしても相馬《そうま》くんに聞きたいことがあるみたいなので、相馬《そうま》くん来るまで、ここで待たせてもらってもいいですか？」

いや、ダメだろう。と、全員が思ったはずだったのに、誰《だれ》かが言うだろうと、そのセリフを全員がゆずり合った結果、結局、全員がタイミングをのがすというミラクルが、今日にかぎって起こってしまった。そして全員が、う、あ、と声にならない声をあげているうちに紗都子《さとこ》さんは、さっさと頭を下げて、ぼくのことすら見ずに、部屋を去っていってしまう。

なんという裏切《うらぎ》りだろう。

責任感のある、いいやつ。志真人は紗都子さんをそんなふうに称していたが、とんでもない。さすが志真人《しまと》が友と呼《よ》んだだけあって、紗都子《さとこ》さんは結局、なかなかにパンチがきいたタイプだった。

こうしてぼくは、気まずさしかただよわない異質《いしつ》の地に、おきざりにされた。

でも、幸いなことに、ここはビジネスコンテストに参加したいと思うような人間が集う場所で、つまり彼《かれ》らは、社会や変革《へんかく》というものに健全な興味があり、個性は個性でも大衆《たいしゅう》に響《ひび》くタイプの個性を追い求める「良識人」たちだった。そして、そんな人々《ひとびと》には、好奇《こうき》心《しん》をスムーズに行動力に移行する能力がある。

だから、ぼくは放置されなかった。

「なんだーありゃ、だね。えーっと、キートくんだっけ？　なんていうか、災難《さいなん》だったね。今日は、ひとりでここに来たの？」

先ほどのまとも女性が、未成年をそつなく世話する、という、とてもまともな行動に出て、場は動きはじめる。必要以上に子どもあつかいされている気がしたが、文句を言える立場ではもちろんなかった。それでぼくは、すなおにうなずく。

「はい。あの、元々《もともと》はさっきの……渡辺《わたなべ》さんと約束してて、そしたら、志真人《しまと》のことはたぶん、その、相馬《そうま》さんって人の方がくわしいだろうからって……」

とりあえず、アカウント乗っ取りうんぬんの話は避《さ》けた。

「ふーん。あの子は、君島《きみしま》の彼女《かのじょ》？」

「あ、いや、ただのクラスメートっていうか、友だちらしくて、たまたまつながって、それで……」

「クラ友？　……あー、そういう感じか」

そう言って女性は、紗都子《さとこ》さんが出ていった部室のドアをちらりと見やる。

今度は、その視線《しせん》の中の言葉を読むことが、ぼくにはできなかった。

ただそれは、先ほどよりは、少しねばりけのある視線《しせん》である気は、した。

「てか、いとこのために、こんなとこまで単身乗りこんでくるとか、最近の若者《わかもの》にしちゃアツすぎじゃね？　なんねんせー？」

と、そこで先ほどの空気読めない彼《かれ》が、ぼくに無遠慮《ぶえんりょ》な視線《しせん》を向けてくる。

「あ、っと、中二です」

「中二！　やば！」

「なにがだよ。おまえ、ちょっと黙《だま》っとけって」

こういう場では、沈黙《ちんもく》は金《きん》、と考えていそうだったスマートな男性が、見ていられなくなったのか、ため息まじりに騒《さわ》がし系《けい》の彼《かれ》を制止する。そして、腹《はら》をくくったかのようにぼくを見ると、少し頭を下げて言った。

「あーっと、君島《きみしま》のことは……。お悔《く》やみ申し上げます」

それでぼくは、なるほど、大学生という人たちにとって中学二年生のぼくは、ちょうど、あつかいが難《むずか》しい年齢《ねんれい》なのだろうなと思った。五歳児《さいじ》のように完全に子どもあつかいできる歳《とし》でもなく、もちろん、大人として丁重にもてなすわけにもいかない。真面目そうな彼《かれ》を前にぼくは、十四歳《さい》で申しわけないなと思った。それからついでに彼《かれ》の言葉で、ああ、志真人《しまと》はやっぱり、ちゃんと死んでいたんだなと知った。

するると、なんと返せばいいかわからず、同じように小さく頭を下げかえしたぼくを見て、その男性は何度かうなずくと、新たに切り出した。

「えーっと、それでレーイチに用事っていうのはなんだろう。俺《おれ》らが中身を聞いていい話かな。実は、さっきの渡辺《わたなべ》さん？　その子が紹介《しょうかい》するほど、レーイチは君島《きみしま》と仲がよかったわけじゃないはずなんだ。だから、もし俺《おれ》らにできることがあるならもちろん、協力はいとわないから、話してみてほしい。あ、名乗りそびれたけど、俺《おれ》は島田《しまだ》タイシ。このサークルの現代表だ」

なんという常識人なのだろう。

紗都子《さとこ》さんよりもよっぽど責任感と良心があって、信頼《しんらい》ができそうだ。

これはこの人に、志真人《しまと》のアカウントについて相談をすることがいちばんよさそうだ。きっと、最善《さいぜん》の知識と判断で対処《たいしょ》をしてくれる。よし、そうしよう。

そう思ったのに、次の瞬間《しゅんかん》、ぼくの口をついた言葉は、ちがう言葉だった。

「志真人《しまと》は、どんな人間でしたか」

ぽつりとぼくの口から落ちたその言葉で、場の空気が、一瞬《いっしゅん》にしてかたまる。

それからまた、この場にいるぼく以外のすべての人間が目配せをし合って、空気は一転、あっという間に、同情の色に染《そ》まった。

「……おもしろい、やつだったよ」

そう言いながら、島田《しまだ》と名乗ったその常識人代表は、まるでドラマのようにぼくの肩《かた》に、そっと手をおいた。

「エネルギーにあふれていて、いつも世界に発信したいことがあって、エキセントリックなように見えて真面目で、刺激《しげき》が、刺激《しげき》を集めて世界中をころげまわっているようなやつだった」

その言葉に、最初のまともも女性も深くうなずく。

「たぶん、いつも自分が創《つく》りたいもののビジョンが明確にあったのね。しゃべり出すと止まらなくて、でも口だけじゃなくて、その熱量をちゃんと作業にも向けられる人だった。パワポとか、資料づくりにもこだわりがあって、どんな小さな案件でも、努力を惜《お》しまない人だったな」

そのとなりで、先ほどから一言も発していないおとなしそうな女性が、静かに小きざみにうなずいている。その動きはあまりにも一定で、それゆえに、どこか機械的にも見えた。まるで、ベルトコンベアに乗って流れてくる島田《しまだ》代表やまとも女性の言葉を、ていねいに梱包《こんぽう》していく機械のようで、それを見ていると、どうしようもないやるせなさにおそわれる。

ああ、ぼくは今日、この言葉の詰《つ》め合《あ》わせをかかえて帰るのか、と、そう思った。ただ、その梱包《こんぽう》を、例の彼《かれ》がやぶいた。彼《かれ》はきっと、空気を読まないことを生き甲斐《がい》にしているにちがいない。

「あー、だから早く燃えつきちゃったんかなぁ。花火みたいなやつだったもんなぁ」

と、彼《かれ》はまたもや、ほかの面々《めんめん》とはちがう声のトーンで、すなおさをすべて言葉にそそぎこむ。すると、島田《しまだ》代表がすかさず、

「ユーシン」

と、おそらく彼《かれ》の名前だと思われるその音で、短く彼《かれ》をたしなめた。しかし、それでも彼《かれ》は、発言を撤回《てっかい》せずに続ける。

「え？　や、いいっしょ、花火。キレイじゃん。ほら、あいつ、ここに来るときと来ない

ときの差すごくて、来ないとき、全然来なかったじゃん。授業とかも単位、ギリギリっぽかったし。けど、来ると、しゃべりまくって、企画《きかく》とか野望とか、なんかとにかく、バーンって打ち上げてくから、なんか期間限定イベ、みたいなとこあった気ぃせん？」

おそらく彼《かれ》の言葉は、すべてどこまでも本心なのだろう。

悪気も、どこにもみじんも感じられない。

ただ、それでもぼくは、音だけで聞いた「ユウシン」という彼《かれ》の名前の「ユウ」の部分が、「優《ゆう》」という漢字でないことを、強く願った。

そして、そのユーシンの言葉を、その他四人も強く否定《ひてい》することはなく、結局その後も、島田《しまだ》代表とまとも女性が場をつなぐように、そして、ユーシンの口をふさぐように交互《こうご》になんとなく言葉を口にしただけで、ほかの二人はとうとう一言もしゃべらなかった。そして、やがて訪《おとず》れた沈黙《ちんもく》のすえに、まとも女性が、そうだ、とほっとした表情でパソコンを取り出すと、志真人《しまと》が作ったというプレゼン資料を、いくつかぼくに見せてくれることになった。

その中には、特別賞や奨励賞《しょうれいしょう》など、賞をとったものもあったようだったが、授業以外でパワポにあまりふれたことのないぼくにはどれもピンとこず、でも、これ以上、この人たちに、気まずい言葉の詰《つ》め合《あ》わせを量産させるわけにもいかなくて、ぼくは与《あた》えられたそのパソコンを、すすめられたいすにすわって、三十分ながめた。

人のパソコンにさわるなんて申しわけなくて、でもスマホよりはましだった。しかもパソコンは、まとも女性のものだったので、きっとこのパソコンの中には、人に見られてこまるようなファイルなど、なにひとつないのだろうと安心することもできた。

それでも、なるべくさわらないよう、スクロールの回数を少なくしようとした結果、ぼくは三十分の間、同じ資料の同じページばかりをながめることになった。

それは、調味料会社に向けた、「若者《わかもの》に料理を広めるためのPR方法を考える」という内容のもので、そういえば去年の夏、志真人《しまと》がそういうものに挑戦《ちょうせん》していたことを、ぼくはそれを見て思い出した。そう、確かそれで志真人《しまと》はそのとき、このコンテストのために、調査の一環《いっかん》で、レシピエンヌのアプリをインストールしたのだ。あまりにくだらない会話のはざまでぽろりと話していたので、すっかり忘《わす》れていた。

そうか、あのときの会話の続きが、これか。

それに気がついてからは、もう少し積極的に資料を読みこもうという気持ちになったけれど、結局、そこに書かれている言葉はどれもちんぷんかんぷんで、ぼくには、そのカタカナやアルファベットの略語の意味が、ひとつもわからなかった。写真や図をながめてみても、どれも興味のない授業の教科書のように退屈《たいくつ》で、ぼくがそのことに対してどんなにあせっても、その退屈《たいくつ》さはとうとう三十分の間、表情を変えなかった。

そのことが、ぼくにはほんの少しだけ悲しくて、みじめだった。

そうして、時間がなんとか過ぎ、やっと部室のドアが目当ての人によって開けられたとき、誰《だれ》もがその人を救世主だと思っただろう。

相馬《そうま》レーイチは中肉中背《ちゅうにくちゅうぜい》で、おしゃれではない眼鏡《めがね》をかけていて、髪型《かみがた》も流行に逆行するごわついた黒髪《くろかみ》だった。とりあえず黒を着ておけば大丈夫《だいじょうぶ》だろうという雑な安心にすがった、ちがう系統《けいとう》の黒が集められた服装《ふくそう》にトートバッグを合わせ、オーラには覇気《はき》がない。五限終わりでなかったとしても、きっと彼《かれ》は、いつもこの疲《つか》れた雰囲気《ふんいき》をまとっているのだろう。それが、相馬《そうま》レーイチだった。

そして、相馬《そうま》レーイチはもちろん、ぼくのことなど知らず、ただ事前にこの部屋の誰《だれ》かから、メッセージで、ぼくという来客について、そしてこの部屋の今の雰囲気《ふんいき》について、連絡《れんらく》を受けてはいたのだろう。ぼくを見つけると、とまどうよりも先に、事前に対策《たいさく》として練ってきたプランのうちのどれをぼくにぶつけるべきか、値踏《ねぶ》みするような視線《しせん》をぼくに向けた。

ぼくはどれでもよかったので、愛想笑《あいそわら》いはしなかった。

結果、相馬《そうま》レーイチは、開口一番、ぼくに言った。

「駅まで送るよ」

それでぼくは、主にあのまとも女性に頭を下げて、相馬《そうま》レーイチに続き、その部屋を出た。今度はユーシンも、「え、なんで？　ここで話してけば？」などのような、相馬《そうま》レーイチの最善《さいぜん》の一手をひっくりかえすようなことは言わなかった。

だからぼくは、大学構内のその部室から十五分とかからない最寄りの駅まで、相馬《そうま》レーイチと歩いた。相馬《そうま》レーイチは、その冷めた見た目に反して意外に情深く、その十五分を無口の早足でやり過ごそうとはせずに、一応、ぼくの話に耳をかたむけようとしてくれた。

「……で、君島《きみしま》の話を聞きにきたらしいけど、なんで俺《おれ》？　っていうか、本当にそれだけが目的？　いいよ、もうほかのやつらもいないし、本音で話せば？　なんかの逆恨《さかうら》みで、急にこの場で俺《おれ》にナイフ突《つ》き立《た》てるみたいなことだけはしないでほしいけど、それ以外だったら、気遣《きづか》い不要だから。あいつが、俺《おれ》にポジティブな遺言《ゆいごん》を残してるとは思えないし、俺《おれ》名指しで用があるなら、なんか面倒《めんどう》なことなんだろ」

なるほど。相馬《そうま》レーイチは確かに、ぼくとならんで歩いてくれてはいたけれど、ぼくとの間にはずっと、分厚いトートバッグをきっちりとはさんでいた。それでぼくは礼儀《れいぎ》として、ポケットの中も手の中も空であり、ナイフなど隠《かく》し持《も》っていないことを彼《かれ》に示した上で、時間もなさそうなので、簡潔《かんけつ》にたずねた。

「志真人《しまと》のアカウントが、いろいろ乗っ取られてて、今も更新《こうしん》が続いてるんです。で、今、その犯人をさがしてて。相馬《そうま》さんは、犯人じゃないですか？」

ここまで来たら、緊張《きんちょう》や遠慮《えんりょ》で言葉をにごしている場合ではない。

限られた時間の中で、最大限の情報を収穫《しゅうかく》して帰らなければと、そう思った。

それでぼくは、初対面の人間に対して、不躾《ぶしつけ》と言われかねないほどの率直さで、端的《たんてき》にたずねたかったことをたずねた。ただ、全体的に少々《しょうしょう》、雑な感じになってしまったのは、ここまでですでに、ありとあらゆるタイプの非日常におそわれ続けていたぼくの脳《のう》が、しびれるほど疲《つか》れていたからで、つまりぼくはこの瞬間《しゅんかん》、とてもやけくそな気持ちになっていた。

すると相馬《そうま》レーイチは、目をまるくして、一瞬《いっしゅん》、言葉につまる。

そして、いくつか頭の中で答えを作るような間をおいたのち、その中でいちばんシンプルだと思われるものを選んで、首をふった。

「いや、俺《おれ》じゃないいな」

「ちがいますか」

「むしろ、なんで俺《おれ》だって思った？」

「や、ぼくもさっき聞いたばっかで、つい、いきおいだけで来ちゃったんですけど、相馬《そうま》さんならやりかねないって言ってる人がいて」

「は？　マジかよ。誰《だれ》だよそいつ。まさか君島《きみしま》？　日記かなんかにそれっぽいこと書いてあったとか？」

「いや、渡辺紗都子《わたなべさとこ》さんです」

「……誰《だれ》？」

「志真人《しまと》のクラスメートです」

「知らねー。え、なに、そいつが俺《おれ》ならやりかねないって？」

「志真人《しまと》に嫉妬《しっと》してたから、アカウント乗っ取って志真人《しまと》の評判下げたり、志真人《しまと》の人脈利用したりしそうって」

「マジか。えげつねぇな」

そう言いながら、相馬《そうま》レーイチはポケットからスマホを取り出し、なにやらアプリを立ち上げる。そして、すぐにふはっと軽く鼻で笑うと、肩《かた》をすくめた。

「なんだよ、そいつ、なんのロジックも通ってない因縁《いんねん》つけやがって。君島《きみしま》のアカウントってこれだろ？　確かにここ最近もなんか投稿《とうこう》されてっけど、ほぼ、バズった企業系《きぎょうけい》キャンペーンの拡散《かくさん》とか、流行《はや》りの追随《ついずい》ばっかじゃん。まー、それだけでも確かに乗っ取りだし、悪質っちゃ悪質だろうけど、わかりやすい炎上《えんじょう》ねらいの燃料投下してるとかじゃねーし、これじゃ評判下げるどころか、毒にも薬にもなんなすぎて、誰《だれ》の目にもとまってねーって」

紗都子《さとこ》さんという今日出会ったばかりの人間に丸投げされた推理《すいり》を、一瞬《いっしゅん》でこてんぱんにされて、ぼくは閉口《へいこう》する。それをいいことに、相馬《そうま》レーイチはさらにイライラとした調子で続けた。

「人脈利用するなら、わざわざ人目につく投稿《とうこう》しないで、ＤＭとかで裏《うら》でやるだろうし、そもそも人脈っつってもな。そりゃ、君島《きみしま》、フォロワーそれなりに多かったし、インフルエンサーとのつながりも多少はあったみたいだったけど？　結構しつこめにからんでフォローしてもらったらしいのばっかだし、あいつ、波ありすぎて、案件企画《きかく》するだけして投げ出すとこあったから、わざわざ俺《おれ》が評判落とすまでもなく、元々《もともと》、煙《けむ》たがられてたよ」

そこまで言って、相馬《そうま》レーイチはやっと気がすんだのか、急に冷静に、表情に気まずさを取り戻《とともど》す。

「いや、悪い。親戚《しんせき》の子ども相手に、言いすぎたけど。でも、そういうことだから、俺《おれ》は犯人じゃない。……だし、もし犯人になんか言えるとしたら、今言ったとおり、あいつのアカウントで、んなことしても、無駄《むだ》だって言いたいね」

と、相馬《そうま》レーイチは、最後、やたらねっとりと、ゆっくりとした口調でそう言った。

ぼくは相馬《そうま》レーイチのその言葉に、静かにうなずいた。ぐうの音も出なかったし、そもそもこれはぼくが言い出したことではなかったので、ひどくがっかりもしなかった。

ただ、相馬《そうま》レーイチの目には、ぼくの無言のうなずきが不気味にうつったのかもしれない。相馬《そうま》レーイチは、トートバッグの持ち手をぐっと強くにぎると、声に少しまだ興奮《こうふん》を残したまま言った。

「こんな話、聞きたくなかっただろうけど、でも、俺《おれ》はほかのやつらみたいに、君島《きみしま》の上っ面の長所だけを伝えることがやさしさだとは思わない。おまえが君島《きみしま》の影《かげ》を求めているんなとこまわってるんだったら、もうやめとけ？　俺《おれ》は、君島《きみしま》がおまえの前でどういう人間だったのか知らねーけど、おまえの知らなかった君島《きみしま》とか、知らずにすんでた君島《きみしま》のかけらを集め歩いたって、なんにもなんねーだろ。君島《きみしま》自身が更新《こうしん》できない今、この世に残ってる君島《きみしま》のかけらは、もうぜんぶ嘘《うそ》みたいなもんだ。本人が解説も弁明もできないんだから、もうそっとしとけって。おまえが持ってた君島《きみしま》だけ、おまえが大切にし続けた方が、おまえにとっても君島《きみしま》にとってもいいだろ」

相馬《そうま》レーイチは、冷静そうに見えてまったく冷静ではなく、理路整然《りろせいぜん》と科学に基づいた事実しか口にしないと見せかけて、意外に情熱で口数が増えるタイプのようだった。そしてぼくは元々《もともと》、志真人《しまと》のマシンガントークの的になるために生まれてきたような人間なので、ぼく自身はいつも、実弾《じつだん》をあまり持ち合わせていない。

だから、ぼくはなにも言えなかった。

それで、自身が悪役になっていることに耐《た》えきれなくなったらしい相馬《そうま》レーイチは、ぐっ、とぼくの無言に勝手にダメージを受けたような顔をすると、あーっと、小さな奇声《きせい》をあげながら頭をがしがしとかきむしり、言った。

「俺《おれ》、ばあちゃん子で、でもちょうどおまえくらいんときに、ばあちゃん死んじゃったから、おまえの気持ち、わかんなくもねーよ。ただ俺《おれ》は、あのとき、ばあちゃんの部屋の奥《おく》から出てきたばあちゃんの日記読んで、死ぬほど後悔《こうかい》した。だから、言ってんだよ」

そうこうしているうちに、駅が近づいてきていて、あとは信号をひとつわたればよいところまで来た。ただ運の悪いことに、信号は赤信号になったばかりで、あともう少し、ぼくと相馬《そうま》レーイチには、話す時間があった。

その時間の中で、ぼくは相馬《そうま》レーイチを傷《きず》つけたいとは思わなかったし、これ以上、なにか情報を引き出したいとも思わなかった。

だから、ぼくは、

「はい。ごめんなさい。ありがとうございます。もう大丈夫《だいじょうぶ》です」

と、何重にも会話を閉《と》じる言葉をたたみかけて、うなずいた。

それで相馬《そうま》レーイチも、罪悪感をかかえたような顔はしつつも、どこかほっとしたように胸《むね》をなでおろす。

ただ、それでも信号はまだ赤だったので、ぼくはひとつだけたずねた。

「あの、相馬《そうま》さんの……」

「え、なに?」

「や、あの、ただの興味本位なんですけど、相馬《そうま》さんのレイイチっていう名前、レイはどの漢字ですか。あの、りっしんべんのやつですか。それとも、礼儀《れいぎ》の礼とかですか」

「は？　え、あ、や、ゼロ、だけど」

「ゼロ？」

「零《れい》。雨に命令の令。数字でいうところのゼロで、零《れい》」

「……へえ。あれですか、一を百とか千にするより、ゼロから一を作り出す方が難《むずか》しいみたいな由来ですか」

「……そうだよ。だからなんだよ。……ほら、もう青だから行けって。そこ、改札。わかんだろ。俺《おれ》、もう戻《もど》るから」

見れば、相馬零一《そうまれいいち》の言うとおり、信号は青になっていて、それを確認《かくにん》するなり、相馬零《そうまれい》一《いち》はそそくさと元来た道を戻《もど》って行ってしまった。ぼくは彼《かれ》がふりかえりはしないだろうことを知りつつも、その背中《せなか》に一応軽く頭を下げてから、信号をわたる。

そして、思った。

0から1を作り出すことは、本当に難《むずか》しいことだと思う。

なのに志真人《しまと》はそういうことを、昔から本当によく、軽々《かるがる》とこなしていた。

0という数字の穴《あな》から、いくらでも物を取り出せる、マジシャンのようだった。

零一《れいいち》は、いい名前だ。

だから、島田《しまだ》タイシも、相馬零一《そうまれいいち》を「零一《れいいち》」と呼《よ》んでいたのだろうか。

でも、ユーシンのことも、ユーシンと呼《よ》んでいた。

ただ。

志真人《しまと》のことは、誰《だれ》も名前で呼《よ》んでいなかったなと、ぼくは帰りの電車の中で、窓《まど》の外をぼんやりとながめながら、思った。

8

紗都子《さとこ》さんからは、謝罪のメッセージが届《とど》いていた。

〈さっきはごめん！　なんか警戒《けいかい》されてるっぽい雰囲気《ふんいき》だったから、流れでキートくんだけおいてっちゃった方が、相馬《そうま》くんに会える気がすると思って、つい、えいや、と……。大丈夫《だいじょうぶ》だった？〉

大丈夫《だいじょうぶ》ではなかったけれど、とりあえず、紗都子《さとこ》さんが自分の奇行《きこう》に対し、謝罪の気持ちを持っていることが確認《かくにん》でき、最悪の人間不信にはおちいらずにすんだ。

とはいえ、紗都子《さとこ》さんとも相馬零一《そうまれいいち》とも、もう会うことはないかもしれない。相馬零一《そうまれいいち》は犯人ではなさそうだったし、紗都子《さとこ》さんがこれ以上なにか情報を持っていたとしても、さすがにもう、いまいち信頼《しんらい》はできない。

それでぼくは紗都子《さとこ》さんに、

〈大丈夫《だいじょうぶ》でした。あと、相馬零一《そうまれいいち》は犯人じゃなさそうです〉

とだけ、かんたんに返信すると、そのあと、紗都子《さとこ》さんから送られてきたメッセージはいったん、ひらかないでおくことにした。

もうすぐ二学期の中間テストだ。
ぼくは、忙《いそが》しい。
志真人《しまと》が死んだのは、一学期の期末テストのころで、もう二学期の中間テスト。
ぼくは、今、なんの終わりとなんのまんなかの間を生きているのだろう。

9

その日、ぼくは志真人《しまと》との待ち合わせの日でもない日曜日の早朝に、いつもの公園で、鳥に餌《えさ》をやった。

夕飯の残り物やパンくずじゃない。

無論《むろん》、たまねぎでもない。

ネットで買った、麦や雑穀《ざっこく》、なにかの実やらが入った、鳥の健康や環境《かんきょう》を損ねないタイプのちゃんとした鳥の餌《えさ》だ。

これは、ぼくが初めて自分でネットで買ったもので、ぼくはこの一袋《ふくろ》五キロ一五〇〇円の餌《えさ》を、一万円で買える分だけ買った。つまり、六袋《ふくろ》三十キロ分買った。ダンボールで家に届《とど》いたときは、想像以上のサイズと重量にさすがにおののいたけれど、幸い、親がいない時間に届《とど》いたので、おののいたのはぼくだけですんだ。

そしてその一部を今、ぼくは公園にまいている。

まだ、鳩《はと》すら起きていない時間。ぼくは、いつも志真人《しまと》が立っている柳《やなぎ》の木の下にしゃがみこんで、無心で餌《えさ》をまき続けた。鳥は一羽たりともいなかったけれど、まいておけば、いつかは誰《だれ》かが食べるだろう。まさかこのままここが麦畑になるなんてことはないはずだ。

ぼくは無表情でまいていたけれど、その実、気持ちはとても興奮《こうふん》していた。

ぼくは本当はずっと、こういうことがしたかったんだなと、とてもしっくりきた。

こういう、人がやらないようなことを、何食わぬ顔でやりとげる。

人や自分にとって意味があるかどうかを気にせず、心の赴《おもむ》くままに行動する。

保証なんてなにもない危険《きけん》に、笑って飛びこむ。

ぼくはずっと、そういうことがしたかった。

お金に名前が書いてあるわけではないけれど、この餌《えさ》を買った一万円は、もちろん、志《し》真人《まと》からもらったバイト代から出したつもりだった。一万円という大金は、本当はもっと実直で、未来への投資となるようなすばらしい使い方に費やされるべきだったが、志真人《しまと》からの一万円である以上、そうすることが恥《は》ずかしかった。

でもやがて、本当に一羽も鳥のいない公園のまんなかに、持参したすべての鳥の餌《えさ》をまき終えてしまうと、ぼくは急に心細くなった。

公共の場を汚《よご》してしまったことへの罪悪感や、誰《だれ》にも食べてもらえない無力感。

誰《だれ》かに見られて、通報されてしまったらどうしようという不安。

結局、ぼくはそういうことを考えてしまうごくふつうの人間で、思えば、この行為《こうい》に興《こう》奮《ふん》していたことすら、ぼくが凡人《ぼんじん》であることの証明のようなものだった。

非日常だから、自分から逸脱《いつだつ》していたから、興奮《こうふん》したのだ。

この行為《こうい》が、本当にぼくのものだったら、興奮《こうふん》などしなかった。

ぼくは、なんてちっぽけなのだろう。

こんな不安を、ぼくはこれから先の人生、どれだけの時間、かかえて生きていかなければならないのだろう。

ついこの前の夏も、そうだった。

志真人《しまと》の四十九日《しじゅうくにち》に、仮病で行かないと言った日。

本当はあの日、ぼくは、親が留守の間に、自分の口座《こうざ》に入っているお年玉をすべて使って、どこか遠くへ行ってみようと画策《かくさく》していた。実際、久しぶりにアプリで、口座《こうざ》の残高を確認《かくにん》するところまでした。

これまで自分を守ってきてくれたすべてを放り出し、自分が自分の力だけで、どこまで自由になれるのか、試そうと思った。自分のことを知る人が誰《だれ》もいない場所で、今まで動かしたことのない筋肉《きんにく》を使ってみたいとも思った。失敗して塵《ちり》になったとして、誰《だれ》にも笑われも哀《あわ》れまれもしない場所で、今までの人生で選ばなかった方の選択肢《せんたくし》を、すべて選んでみたいと思った。

そういう欲求《よっきゅう》は、本当はずっと前からぼくの中でくすぶっていたのだ。

前から。

そう、中学に入ったころから、その欲求《よっきゅう》は特に強くなったように思う。

というのも、中学に入り、スマホを手にしたことで、その画面からは毎分毎秒、南国の極楽鳥のような鮮《あざ》やかさが目に飛びこんでくるようになった。そして、それに呼応《こおう》するように、ぼくがこれまで大事につみ重ねてきた「ふつう」は、急速に色あせた。なのに、それにかわる色をぬろうとしても、ぼくのパレットにぼくが望んだ色はなく、このまま空まわりをくりかえすくらいならいっそ、筆を折ってしまいたいと願った夜や朝が、ないわけではなかった。

けど、それすらぼくにはできなくて、そうこうしているうちに、志真人《しまと》は死んだのだ。

あの、極楽鳥が。

そして結局、あの日も、ぼくはどこにも行くことができなかった。

そのことを思い出し立ち上がると、ぼくは鳥の餌《えさ》の袋《ふくろ》にかすかに残った最後のくずを、袋《ふくろ》をさかさにして派手《はで》にまきちらかす。そして、そのままのいきおいでまたその場にしゃがみこむと、しばらくそこでまるくなった。

それからどのくらいの間、そうしていたのかわからない。

体感では一時間以上経ったように感じたけれど、実際はほんの五分程度だったかもしれない。急に、バサバサバサと羽音が聞こえ、ぼくがはっとして顔を上げると、そこには一羽の鳩《はと》がいた。

物語に出てくるような、奇跡《きせき》のように白い鳩《はと》ではない。

まったくない。

ごくふつうのありふれたキジバトで、やせほそっているわけでもなく、特別に飢《う》えている感じもしなかった。でもその鳩《はと》は、ぼくがまいた餌《えさ》を一定のリズムで小気味よく口にして、そうこうしているうちにさらに二羽、同じような鳩《はと》が飛んできた。そしてその二羽も、同じように無心で餌《えさ》を食べはじめる。

この調子ならば、ぼくが散らかしたこの痕跡《こんせき》は、公園がにぎわい出す昼前には、ごまかしがきく程度まで回復するかもしれない。

ああ、よかった。

不覚にも涙《なみだ》が出そうになって、ぼくはやはりその場からしばらく立ち去ることができなかった。

10

「あー、相馬《そうま》かー。確かに相馬《そうま》、めっちゃ犯人っぽいけど、犯人じゃなさそうだよな」

次の日、いつもの時間に志真人《しまと》に会うなり、先日のできごとをかいつまんで説明すると、志真人《しまと》はあっけらかんとそう言ってのけた。

「犯人じゃなさそうなのかよ」

「犯人顔かもしらんけど、あいつ、根がいいやつだもん。育ちがいいっつーか、どんなに悪ぶろうとしたところで、ふれ幅《はば》が圧倒的《あっとうてき》に善人《ぜんにん》よりなの。分度器の九〇度を善悪《ぜんあく》の境にするとして、向かって左を善《ぜん》、右を悪だとすんじゃん？　で、あいつは悪の部分が九〇から一二〇くらいまでしかないのよ。一二〇度から一八〇度までの部分は欠損してんの。善《ぜん》九〇度、悪三〇度、以上！　みたいな」

「一五〇度までが善《ぜん》で、あとの三〇度が悪、とかじゃないわけ？」

「や、さすがに一五〇度ぶん、善《ぜん》ってことはないだろ。あいつはそこまで善人《ぜんにん》じゃない」

「じゃあ、人より器がちっちゃいんだ」

「や、そもそも一八〇度ぴったりの器の人間なんかいんのかね」

「いや、知らないし。そっちがはじめた設定じゃん」

「なんだよ、今日はいじけモードだな」

志真人《しまと》は手の中でたまねぎをころがすのをやめて、いぶかしげにぼくを見やる。

その、ぼくの顔をのぞきこもうとするわざとらしい志真人《しまと》の視線《しせん》から、ぼくはしっかりと逃《に》げた。ここ最近、ぼくが受けた仕打ちを考えれば、いじけるを通りこして、やさぐれたくもなる。ただもちろん、相馬零一《そうまれいいち》が志真人《しまと》について言っていた戯言《たわごと》のことは、志真人《しまと》には一ミリも伝えなかった。なにせ、志真人《しまと》は今、天国の人間なのだ。天国にいる人間は、幸せでなければならない。よけいなことを伝えて、生前の知人の善悪《ぜんあく》分度器の度合いを、わざわざ変更《へんこう》させるようなことはしてはいけないと思った。

「それにしても、ちょっと見ないうちに、紗都子《さとこ》がそんな爆弾魔《ばくだんま》みたいな人間になっていたとはな」

と、志真人《しまと》はアメリカのコメディアンのようにおおげさに腕《うで》をひらいて、肩《かた》をすくめる。

「や、それだと、おき去られた俺《おれ》が爆弾《ばくだん》になんじゃん」

「世の中の中二なんて、みんな爆弾《ばくだん》だろ」

「最近は、そうでもないよ。暗いニュースばっかで未来に夢や希望なんて持てなくて、最初からいろいろあきらめてるぶん、みんなおだやか。バットで窓《まど》ガラスわりながら、社会とか大人への不満をさけぶやつなんていない。みんな、昔よりまるくなってる」

「そりゃ、爆弾《ばくだん》はだいたいまるいだろうがよ」

「それは漫画《まんが》の中の話だろ。しかもギャグ系《けい》の。てか、さっきからたとえが、いちいちややこしいな」

「やー、そうな、そうかもな。今は、バットやらナイフやら持ち歩いて、敵《てき》だらけの場所に備えなくても、目の前の一個の世界にこだわって生きなくてもいいもんな。誰《だれ》かと戦わなくても、好きなやつだけフォローして、嫌《いや》なやつはブロックして、いらない広告はスキップして、見たいものだけ選んで見られるし、どんなに孤立《こりつ》しても、ネットで必死に探《さが》せば、世界のどっかには絶対、似た孤独《こどく》を分かち合えるやつがいる。背《せ》のびしてぶつかり合って傷《きず》だらけになってまで無理やり未来をこじあけなくても、ほかにいくらでも楽しい世界があって、そのまま、その自分が選んだ平和な世界で生きられれば、最高でしかない。なのに、進学とか就職《しゅうしょく》でさ、人生のステージが変わると急にモンスターみたいに価値観《かちかん》のちがうやつらと向き合わなきゃならなくなるから、この世はタチが悪い。そんな対処法《たいしょほう》学んできてないこっちは、わーってキャパオーバーになって、バーン！　大爆発《だいばくはつ》」

「え、爆弾《ばくだん》って、そっち？　自分がやられんの？」

「そりゃ、爆弾《ばくだん》だからな。安全なのは投げるやつだけだろ」

「こわ。現代社会、こわ。こわすぎるから、もうあのアカウント乗っ取り犯さがしも、終わりな。どっちにしろ、もう手がかりもないし。よく考えたら、乗っ取られたって言っても、シンプルな拡散《かくさん》ばっかで悪意とかなさそうだし、毒にも薬にもなんない投稿《とうこう》ばっかなんだから、問題ないだろ」

「や、それがいちばん問題だわ。死んでから才能を認《みと》められるゴッホ系《けい》ならまだしも、なんで死んでから毎日凡人化《ぼんじんか》させられてくトホホ系《けい》に俺《おれ》が追いやられなきゃなんねーんだよ」

「凡人《ぼんじん》のなにが悪いんだよ。月面探査機《たんさき》乗るより、豪華《ごうか》客船乗るより、地道な徒歩系《けい》がいちばん足腰鍛《あしこしきた》えられんだよ。てか、なんだトホホ系《けい》って。乗っ取られてなくてもじゅうぶん、すべり散らかしてんじゃねーかよ。心配なんかしなくても志真人《しまと》は元々《もともと》……」

そこで、ぼくは大きくすいこんだ息を、はき出す前に止める。

止まった。

志真人《しまと》を見ると、志真人《しまと》の表情もかたまって、止まっていた。

その表情は、ぼく次第でどんなかたちにも変われそうな、白い紙粘土《かみねんど》のようだった。

それでぼくは、いつの間にか興奮《こうふん》で上がってしまっていた両肩《りょうかた》から力をぬき、その肩《かた》をすっと下ろす。そして、志真人《しまと》の顔は見ずに、うつむいたままたずねた。

「志真人《しまと》の分度器は、何度まであんの？」

志真人《しまと》の声が、降《ふ》ってくる。

「そんなん、俺《おれ》のは三六〇度まであるに決まってんだろ」

「結局、おまえもまるいのかよ。で、何？　一八〇度善《ぜん》で、一八〇度悪？」

「や、ぜんぶ、俺《おれ》だ」

それでぼくは、やっと顔を上げて志真人《しまと》を見る。

すると志真人《しまと》は、ほんの少し疲《つか》れたような顔はしつつも、いつものひょうひょうとした表情を見せたあと、にやりとして、右手でたまねぎをかかげた。

そして、ふむ、と、改めてそのたまねぎをまじまじと見つめると、言う。

「これもなんか、爆弾《ばくだん》に見えてきたな。よし、キート。次のやつは、その路線で作れよ」

「なんだよ、次のやつって」

「レシピだよ。レシピエンヌの。あと三つ、レシピ作んなきゃいけないんだろ」

「は？　や、あれはもういいだろ」

「は？　約束やぶるとか、おまえ、最低だな」

それでぼくは、口ごもる。

志真人《しまと》とここで会うようになってから、最低の仕打ちはずいぶんと受けてきたが、その中でいちばん最低でなかった人は、あのレシピエンヌの佐藤《さとう》さんだと思ったし、その佐藤《さとう》さんとの約束をこともなげにやぶろうとしているぼくは、確かに最低だなと妙《みょう》に納得《なっとく》してしまった。それでぼくは、

「わかった」

と、自分でも子どもじみていると感じるほどにたっぷりと、不服感が染《し》みこんだ声でそう言うと、志真人《しまと》に背《せ》を向ける。

そして、そのままとぼとぼと公園の出口に歩いていくと、途中《とちゅう》、変な色の小石がいくつも落ちていることに気がついた。なんだろうと思った瞬間《しゅんかん》、それがきのう、ぼくがまいた鳥の餌《えさ》の中の、乾燥《かんそう》とうもろこしであることに気がつく。

硬《かた》かったもんな。鳩《はと》も食えなかったか。

どうしよう、ここが来年、とうもろこし畑になってしまったら。

天国に、とうもろこしは足りているだろうか。
そう思って、ちらりと志真人《しまと》の方をふりかえると、志真人《しまと》はもうそこにいなかった。

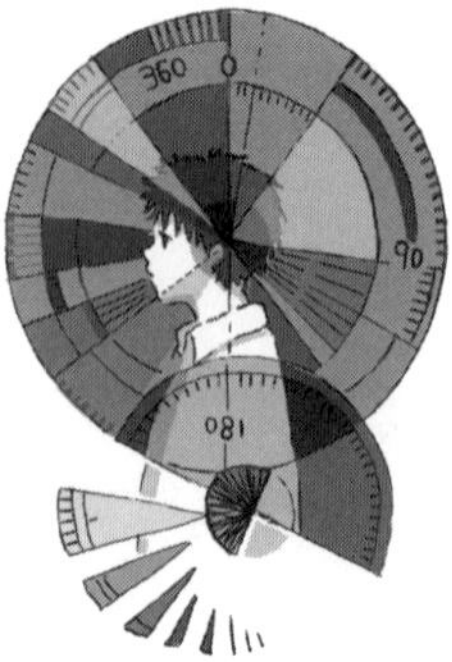

11

〈湿度《しつど》分度器〉

材料……たまねぎ　1個

工程……1. たまねぎの皮をむく。
2. 分度器っぽくなるように4分の1に切る。
3. スライサーか包丁でそれぞれ薄《うす》くスライスする。
4. 5分レンチン後フライパンで炒《いた》めるか、ザルの上で数日間放置。
5. サラダなどにそのままふりかけても可。スープの出汁《だし》にしても可。水で戻《もど》してふつうに使っても可のドライオニオンのできあがり。

備考……たまねぎは、傷《きず》がなく艶《つや》があって、皮がよく乾燥《かんそう》しているものがいい。風通しのよい場所で、ネットなどに入れて保存《ほぞん》しよう。人もたまねぎも、ドライなのは、悪いことじゃない。

うまみが凝縮《ぎょうしゅく》されて、長持ちする。
ウェットになりたければ、いつでも戻《もど》れる。
人間関係、たまねぎくらいがちょうどいい。

〈思春期ポエマー爆弾《ばくだん》〉

材料……新たまねぎ　1個

工程……1．まるい新たまねぎを腐《くさ》りかけるまで放置する。
2．電子レンジで800ワットで2分くらい加熱する。
3．爆発《ばくはつ》するので、注意。
4．爆発《ばくはつ》させないためには、事前に竹串《たけぐし》などでたまねぎに穴《あな》をあける。
もしくは、4分の1くらいにカットする。
500〜600ワットくらいで3〜6分加熱する。
5．加熱すると甘《あま》く食べやすくなるので、たくさん食べる。

6. 口臭《こうしゅう》が強くなるので、牛乳《ぎゅうにゅう》を飲む。

備考……新たまねぎは、ふつうのたまねぎよりも瑞々《みずみず》しく、レンチンで爆発《ばくはつ》しやすい。
急に高温《こうおん》で加熱すると爆発《ばくはつ》しやすい。
水分の逃《に》げ道がないと爆発《ばくはつ》しやすい。
穴《あな》ぼこだらけの方が爆発《ばくはつ》しない。
いきなりぜんぶじゃなくて、ちょっとずつ加熱すれば爆発《ばくはつ》しない。
そもそも、レンチンしなければ爆発《ばくはつ》しない。
ところでたまねぎには、硫化《りゅうか》アリルという成分が含《ふく》まれている。
ニンニクやニラにも入っているこの成分が、あのにおいの素らしい。
なので、たまねぎも食べすぎると、口がくさくなる。
このレシピシリーズが全体的にクサいのは、たぶんそのせい。
牛乳《ぎゅうにゅう》を飲むとやわらぐらしいので、
給食の牛乳《ぎゅうにゅう》はたぶん、クサいポエムを量産しがちな思春期ポエマー対策《たいさく》。

〈S級になる方法〉

材料……たまねぎ　1個

工程……1．無防備でたまねぎをみじん切りにする。
2．目が痛《いた》くなる。涙《なみだ》が出る。
3．生のまま、大量に食べる。
4．胃《い》が痛《いた》くなる。腹《はら》をこわす。
5．後悔《こうかい》し、自分はなにをしているのだろうと自問する。

備考……たまねぎをきざむと、あの独特なにおいが発生する。
そのにおい成分は、主に硫化《りゅうか》アリル。
「硫《りゅう》」というくらいなので、これには硫黄《いおう》が入っている。
硫黄《いおう》の元素記号は、Sだ。
世の中のくさいものには、大抵《たいてい》このSが入っているらしい。
ちなみに、ふだん人間が日常生活で使う都市ガスは、本来無臭《むしゅう》で、

でも、無臭《むしゅう》だとガス漏《も》れに気づけなくて危《あぶ》ないから、
あえて、人工的にこのSで、くさいにおいをつけているらしい。
ただもちろん、これはたまねぎやニンニクとはちがうにおいだ。
なにしろ、くさいといっても、たまねぎやニンニクはうまい。
あのにおいは、人類の食欲《しょくよく》の大元と言っても過言ではない気がする。
いや、過言だけど、とにかく必要だと思う。
しかも、この硫化《りゅうか》アリルには、強い殺菌《さっきん》作用もあるらしい。
血液をさらさらにして、動脈硬化《こうか》の予防にも役立つ優《すぐ》れものだ。
だからSは、人間にとても必要なものなのだと思う。
Sはその独特なにおいで人間を守り、人に生きるエネルギーを与《あた》える。
ただ、たまねぎのにおいの素は、自然の状態では発生しない。
以下のとおり、包丁などで切り、細胞《さいぼう》組織を破壊《はかい》することで発生する。

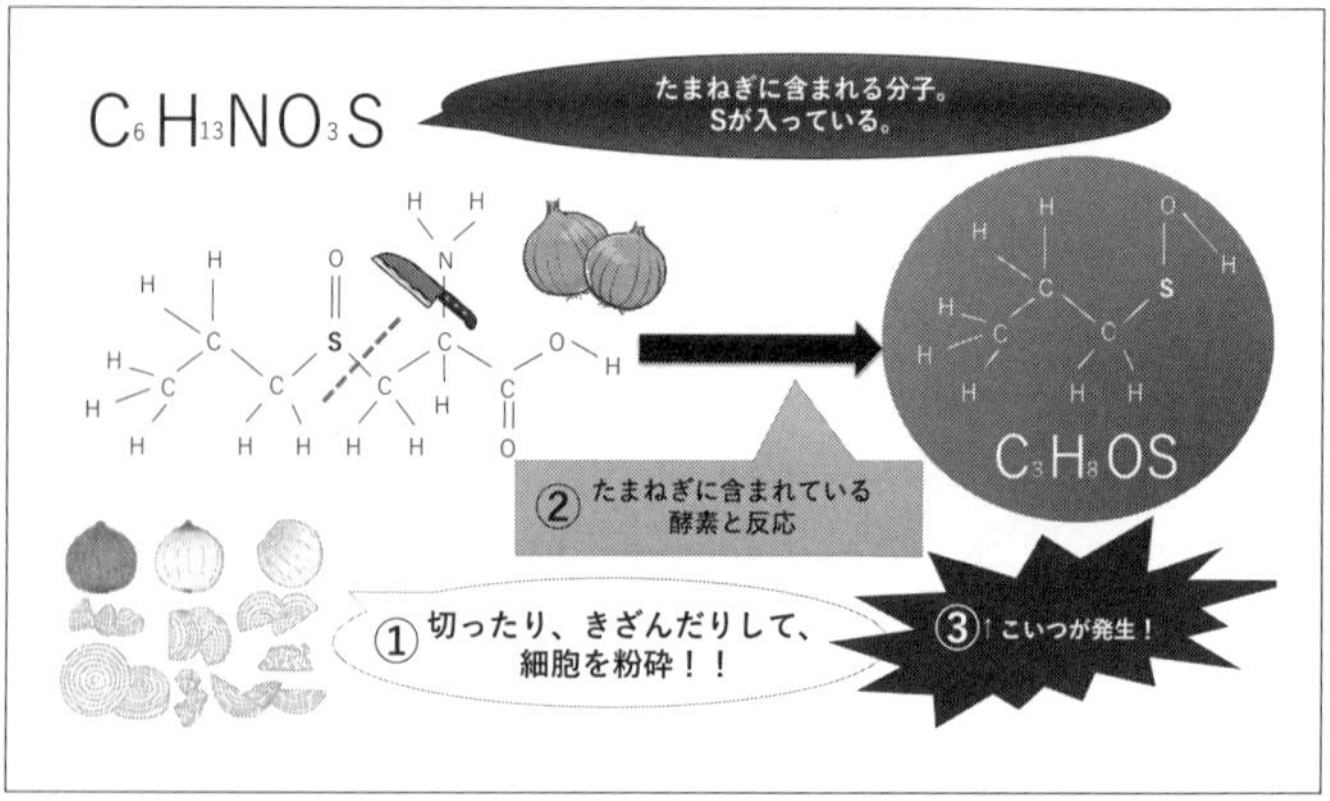
$C_6H_{13}NO_3S$
たまねぎに含まれる分子。
Sが入っている。
C_3H_8OS
②たまねぎに含まれている
酵素と反応
①切ったり、きざんだりして、
細胞を粉砕！！
③↑こいつが発生！

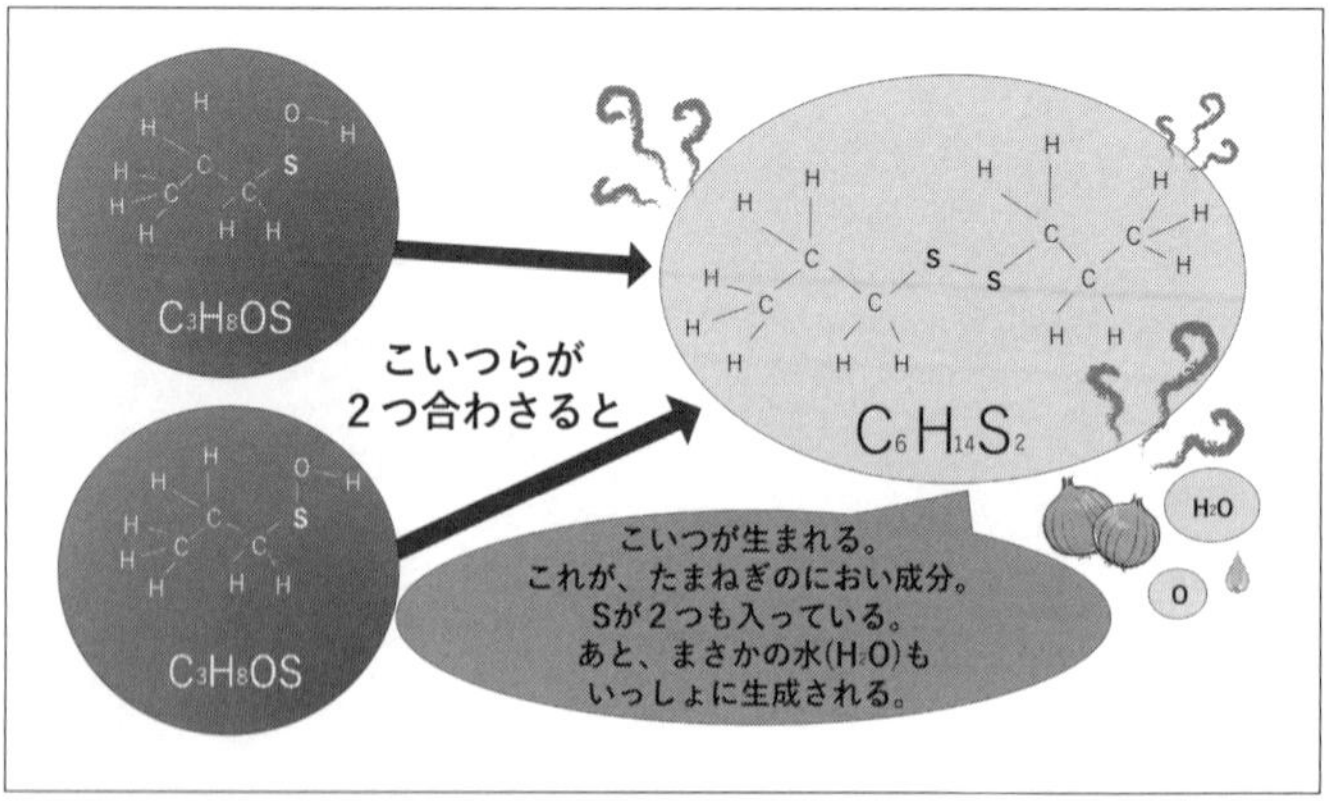
C_3H_8OS
C_3H_8OS
こいつらが
2つ合わさると
$C_6H_{14}S_2$
H_2O
O
こいつが生まれる。
これが、たまねぎのにおい成分。
Sが2つも入っている。
あと、まさかの水(H_2O)も
いっしょに生成される。

つまり、たまねぎのSは、傷《きず》つけないとにおわない。

傷《きず》ついて初めて、その力を発揮《はっき》する。

ただ、Sの強烈《きょうれつ》な力は、時に相手にダメージを負わせることもある。

生のたまねぎを大量摂取《せっしゅ》すると、硫化《りゅうか》アリルの刺激《しげき》が引き金になって胃腸《いちょう》に異常をきたす場合があるのだ。

つまり、腹《はら》をこわす。

あともちろん、腐《くさ》ったたまねぎを食べても、腹《はら》をこわす。

たまねぎは湿度《しつど》が高いと腐《くさ》るので、瑞々《みずみず》しい新たまねぎは腐《くさ》りやすい。

なので、たまねぎを保存《ほぞん》する際、湿気《しっけ》はできるだけ遠ざけた方がいい。

にもかかわらず、たまねぎを切ると、あろうことか水が生まれる。

さっきの図を、よく見てほしい。

におい成分を発生させるついでに、さりげなく水まで生んでいる。

水は、自身の天敵《てんてき》であるというのにだ。

しかも、たまねぎが生む水は、それだけではない。

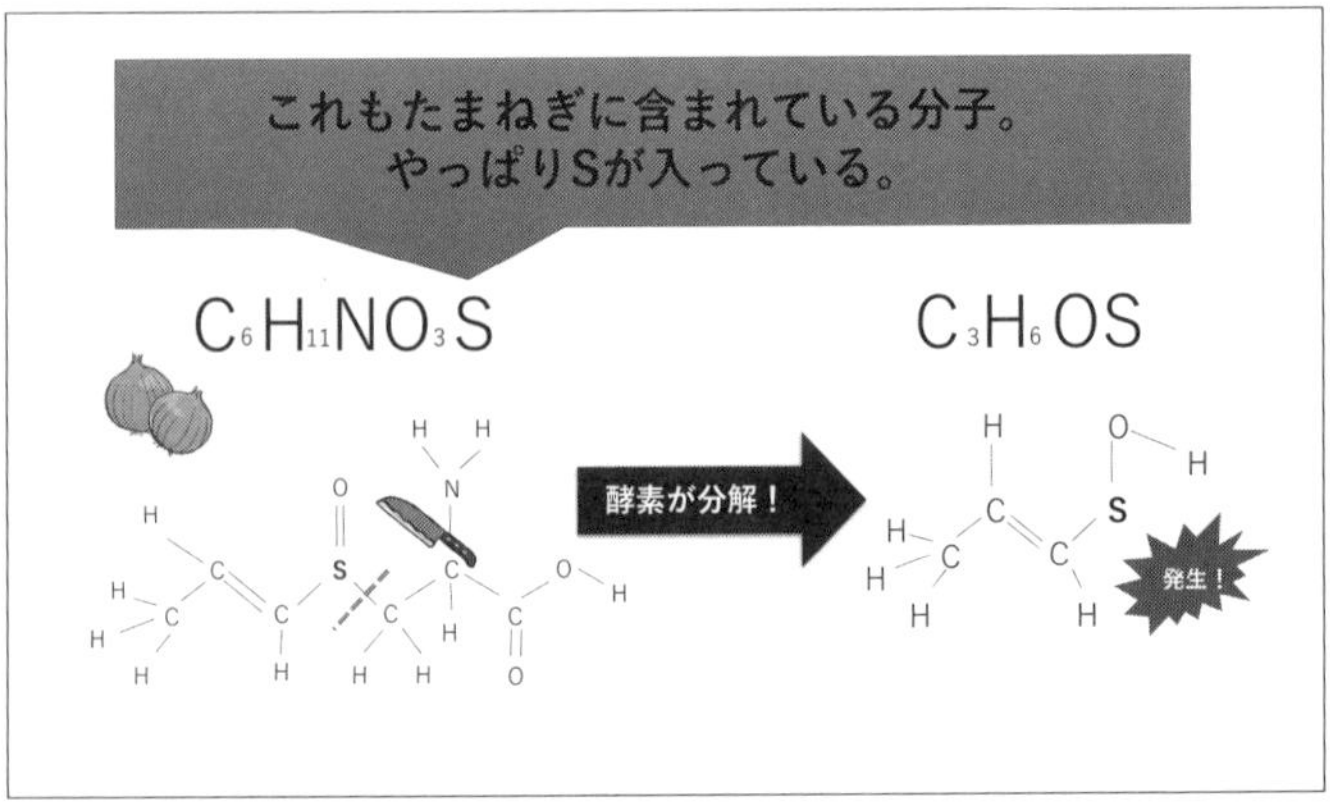
これもたまねぎに含まれている分子。
やっぱりSが入っている。
$C_6H_{11}NO_3S$
C_3H_6OS
酵素が分解！
発生！

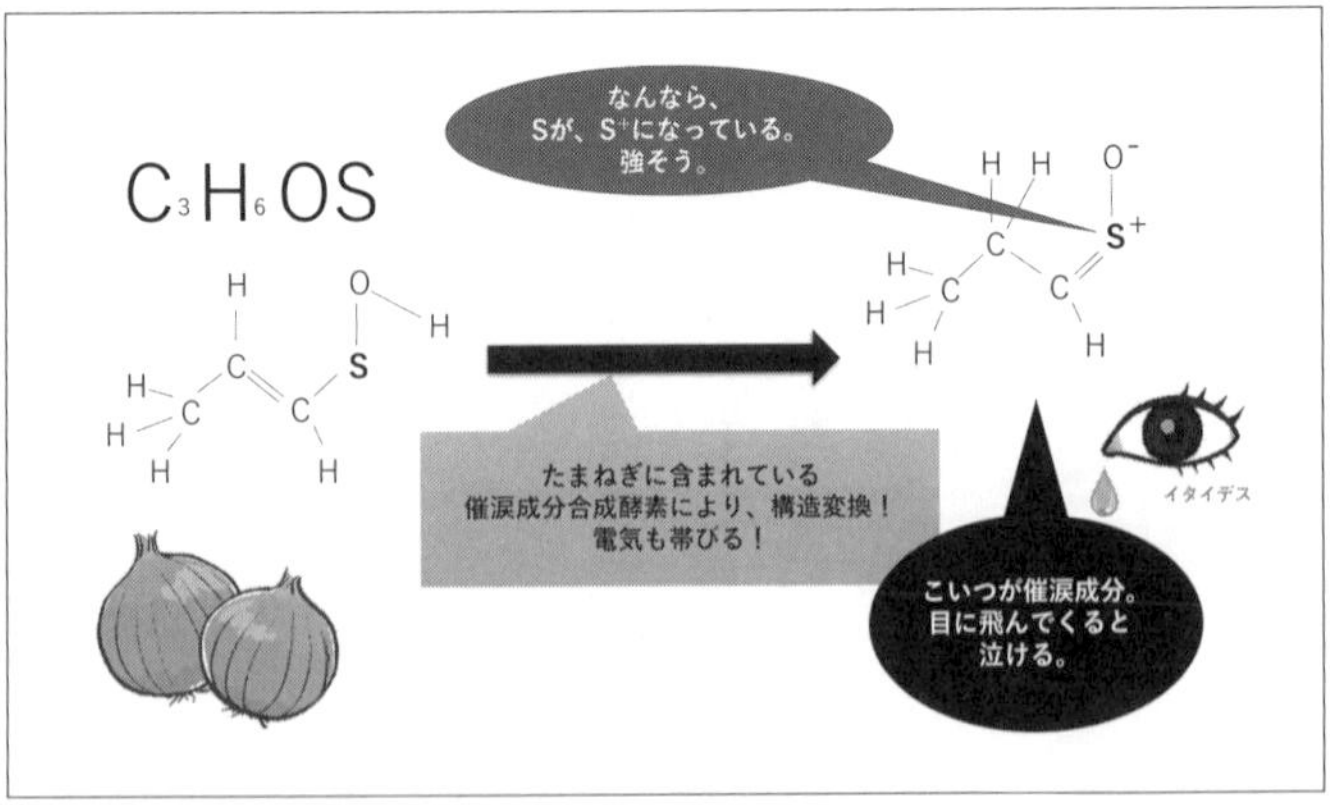
なんなら、
Sが、S^+になっている。
強そう。
C_3H_6OS
たまねぎに含まれている
催涙成分合成酵素により、構造変換！
電気も帯びる！
イタイデス
こいつが催涙成分。
目に飛んでくると
泣ける。

そう、このとおり、たまねぎを切ると、涙《なみだ》が出る。
それは、たまねぎの酵素《こうそ》が、催涙《さいるい》成分を生むかららしい。
涙《なみだ》は、水だ。
自らを腐敗《ふはい》に追いこむ水を、なぜSは、人から誘《さそ》い出すのだろう。
もしかするとSは、涙《なみだ》がこの世に必要なものであるということを、
その身をもって、我々《われわれ》に教えてくれているのかもしれない。
なにせSは、ガスににおいをつけることで人を安全に導き、
ニンニクやたまねぎにまぎれることで人の食欲《しょくよく》を増進してきた、
人間の生を司《つかさど》る存在《そんざい》だ。
涙《なみだ》を引き出すことにも、なにか意味があるにちがいない。
そもそもそのSだって、傷《きず》つくことでそのパワーを発揮《はっき》する。
ということは、つまり。
きちんと傷《きず》ついたとき、
ぼくらは初めて、この世に必要なSになれるのかもしれない。

12

「シマウマオニオンさん……。最近、お引《ひ》っ越《こ》ししました？」

佐藤《さとう》さんとのスリー・モア・レシピの約束を果たしたぼくが、佐藤《さとう》さんに連絡《れんらく》をし、二回目の打ち合わせをすることとなった日、佐藤《さとう》さんはぼくに着席をすすめるなり、おそるおそるといったようすで、そうたずねた。

シマウマオニオンさん、と、あたりまえのように呼《よ》ばれることに抵抗《ていこう》はあったが、しかたがない。佐藤《さとう》さんはいまだに、志真人《しまと》がもうこの世にいないことを知らず、ぼくを志真《しま》人《と》だと思いこんでいるのだ。ぼくは今さらながら、佐藤《さとう》さんに対する初手をまちがえてしまったことを後悔《こうかい》し、でもだからこそ、スリー・モア・レシピの約束は、適当にではなく、必死に果たした。佐藤《さとう》さんが崇拝《すうはい》するシマウマオニオンを穢《けが》したくないと思ったし、なによりぼく自身、「ぼくは、こそこそと志真人《しまと》凡人化《ぼんじんか》計画を進めているあのアカウント乗っ取り犯とはちがうのだ」と、自分に証明したかった。

でも。

前回と同じ会議室の席についたぼくを見る佐藤《さとう》さんの目には、前回にはなかったくもりがあった。手元の資料を整えるふりをしながら、さりげなく口にしたぼくへの問いかけが、本当に「最近、ぼくが引《ひ》っ越《こ》したかどうか」を知りたいわけではないということは、火を見るよりも明らかだった。

佐藤《さとう》さんは、いい人なのだ。嘘《うそ》がつけず、演技もうまくない。

そして、ぼくは別にいい人ではないけれど、嘘《うそ》も演技もなにもできない人間だった。

だから、ほんの少しの沈黙《ちんもく》のあと、ぼくはゆっくりと佐藤《さとう》さんにたずねかえした。

「いえ……。なんで、ですか？」

「あ、や、なんか、レシピ見ていて、器とか背景《はいけい》とか、全体的に写真の撮《と》り方が初期のころから変わったなーと思いまして……」

佐藤《さとう》さんは今日、ぼくに対してずっと敬語《けいご》で通している。初対面での動揺《どうよう》を超《こ》えて、今後はぼくを子どもあつかいしないと自分に誓《ちか》ったのだろう。

対するぼくは、初めからなんの選択肢《せんたくし》もなく、佐藤《さとう》さんに敬語《けいご》を使っていた。

「あー、そう、ですね。最初のレシピとは、ちがう家です」

「やっぱりそうですよね……」

「まずいですか？」

「いえ、それ自体はまずくはないと思うんですけど……」

佐藤《さとう》さんの目が泳ぐ。

そして、意を決したようにうなずくと、切り出した。

「写真もですけど、レシピの内容も、初期と最近でだいぶ雰囲気《ふんいき》がちがうので、そのあたりをそろえるべきか、このままでお願いすべきか、正直、悩《なや》んでいます。シマウマオニオンさんは、どう思われますか」

佐藤《さとう》さんのまなざしは、まっすぐだ。

だからこそ、ぼくの胸《むね》のうちはざわざわした。

皮膚《ひふ》のすぐ下に、不安がはりめぐらされた。

悪い予感が、ぼくの脳《のう》に直接ささやきかける。

ぼくは、まちがえたのだろうか。

志真人《しまと》の、なぞり方を。

志真人《しまと》の、ぬり方を。

それでぼくは、自分でもわかるくらいに上ずった声で、佐藤《さとう》さんの真意を確かめた。

「あーっと、そうですね。どう、しましょうか。というか、あの、そんなに、ちがいますか。あれですよね、ということは、最近の方がダメってことですよね」

早口でそう確認《かくにん》したぼくに、佐藤《さとう》さんはぼくをじっと見つめながら首をふる。

「いえ、ダメとかじゃないんです。むしろ、真面目さが増して、この企画《きかく》にとても真剣《しんけん》に取り組んでくださっていることを感じて、感謝しているくらいです。それに中学生が、一年で大きく変化することは当然で、その過程がレシピに表れていることは、むしろ貴重《きちょう》な記録でいい企画《きかく》になるんじゃないかと、心がけがれきった大人としては思ってしまっているところがあります」

心がけがれきっていると、ためらいなく白状した佐藤《さとう》さんは、とても澄《す》んだ瞳《ひとみ》でぼくを見ている。佐藤《さとう》さんがふだん、どのくらい料理をするのか知らないが、もしかすると、なかなか手に入らない貴重《きちょう》な食材を手にしてメニューを考えているとき、佐藤《さとう》さんはこんな顔をするのかもしれない。それともこれは、大切な誰《だれ》かのための特別なメニューを考えているときの顔だろうか。

どちらにしても佐藤《さとう》さんは今、とても重要な決断をしようとしているように見えた。

そしてその前段階《ぜんだんかい》として佐藤《さとう》さんは、言葉を慎重《しんちょう》に選びながら、ぼくから目を離《はな》さずに話を続ける。

「ただ、そういう方向性でシマウマオニオンさんの記事を出させていただくとすると、シマウマオニオンさんの実年齢《じつねんれい》を公開した方が、説得力が出ると思うんです。変化の理由を、きちんと読者の方に説明する責任が出てくるというか……。でも、そうなってくると、よりシマウマオニオンさんのプライベートな部分を世間に露出《ろしゅつ》することになるので、そこに少しでも『混ざりもの』の要素があると、全体がよくてもその部分を攻撃《こうげき》されてしまいそうで……。なので、記事の内容は100%ピュアであることが必須《ひっす》だと考えています」

100%ピュアオイル。

100%ピュア果汁《かじゅう》。

100%ピュア記事。

なるほど、確かにぼくは100%ピュア人間ではなく、「混ざりもの」どころか100%まがいもの人間だ。佐藤《さとう》さんの視線《しせん》や口調から察するに、佐藤《さとう》さんもうすうす、そのことに気がついているのだろう。前回の初対面のときは、疑《うたが》っているようすがなかったことを思うと、これは100%ぼくの失態だ。

スリー・モア・レシピは、もっと志真人《しまと》を忠実《ちゅうじつ》になぞって作るべきだった。真面目さや真剣《しんけん》さがストレートに伝わるものなんて、志真人《しまと》は作らない。

ぼくしか、作らない。

わかっていたはずなのに、欲《よく》が出た。志真人《しまと》に言われて、しかたなく佐藤《さとう》さんとの約束を守ろうと、新しいレシピを考えはじめたところ、急に妙《みょう》な自信が湧《わ》き上がってしまったのだ。ぼくなら、志真人《しまと》を凡人化《ぼんじんか》させないどころか、志真人《しまと》よりもっといいものが作れるのではないかと思い上がってしまった。志真人《しまと》が天国から投稿《とうこう》できないのであれば、ぼくが志真人《しまと》のアイディアに味つけをして、それを世に出してみせる。ぼくになら、それができる。そう、思ってしまった。

それは別に、志真人《しまと》のアカウント乗っ取り犯が、ずっと志真人《しまと》らしくない平凡《へいぼん》な投稿《とうこう》をくりかえしていることに腹《はら》を立てていたからではない。志真人《しまと》のサークルなるものの人々《ひとびと》が、志真人《しまと》を志真人《しまと》ではなく、君島《きみしま》と呼《よ》んでいたからでもない。乗っ取り犯やあのサークルの面々《めんめん》に、本物の志真人《しまと》はこんなものじゃない、同情ややっかい者のレッテルを貼《は》られるような対象じゃないと、見せつけてやりたかったからというわけでもなかった。

ただ、ぼくは単純《たんじゅん》に、先日初めてレシピエンヌに投稿《とうこう》したときの興奮《こうふん》に、いまだに酔《よ》っていたのだ。ぼくのあの投稿《とうこう》は、佐藤《さとう》さんからのメッセージという、志真人《しまと》にも得られなかった成果を得た。ならばぼくも志真人《しまと》のように、いや、もしかすると志真人《しまと》以上に、0

から1を作り出すことができる人間なのかもしれない。スリー・モア・レシピを作りはじめるなり、そう思って、急に力がみなぎってしまった。

それでぼくは、本来であれば、中間テストの勉強をしなければならないこの時期に、数日間、ほとんど眠《ねむ》りもせずに、三つのレシピを完成させた。その間《かん》、数少ないながらに存在《ざい》している友だちから、「通話つなげながら勉強しよーぜ」と連絡《れんらく》をもらったにもかかわらず、寝《ね》ているることにして応えなかった。ぼくはただただこの数日、がむしゃらに、ネットでたまねぎについて調べ、ちまちまとパワーポイントを作りこんだ。そして、そのすべての高揚感《こうようかん》が冷めやらぬうちに、佐藤《さとう》さんに連絡《れんらく》し、今日にいたったのだ。

でも、今こうして陽の光の中で、その渾身《こんしん》のレシピたちをながめてみると、どうだろう。最後のレシピは特に長ったらしく、いかにも調べました感が出てはいないだろうか。力んだ文章からは、ドヤ顔がすけて見えてはいないだろうか。時間ばかりかけたパワーポイントは、素人感がぬぐえないどころか、やぼったさが全面に出てはいないだろうか。冷静に見てみると、確かにぼくのレシピは全体的に、初期の「本物の」シマウマオニオンが作った、あの気のぬけたふざけ方とは、あまりにちがった。

そして、佐藤《さとう》さんはそのことに、あっさりと気がついた。

シマウマオニオンのファンであった佐藤《さとう》さんの目を、ぼくはあざむくことも、惹《ひ》きつけることもできなかった。そもそも、ぼくが調子に乗ったきっかけである「佐藤《さとう》さんからのメッセージ」も、思えば、ぼくが獲得《かくとく》したものではない。元々《もともと》、志真人《しまと》が引きよせていたもので、ぼくの投稿《とうこう》は、ただのきっかけにすぎなかった。結局、ぼくはただ、ここ最近のあらゆる刺激《しげき》に触発《しょくはつ》されて、無様にひとり空まわりをしただけで、その結果、結局、佐藤《さとう》さんの中のシマウマオニオン像を穢《けが》してしまったのだ。

ならばぼくは、あのアカウント乗っ取り犯となにがちがうというのだろう。

ぼくは急にその罪深さに体をまるごと押《お》しつぶされそうになって、うつむく。ただ、それによって、佐藤《さとう》さんの澄《す》んだ視線《しせん》から逃《に》げることができ、少しだけ息が楽になった。その小さな呼吸《こきゅう》の中で、ぼくは、もぞもぞと両手の指をからませて考える。

さて、ではぼくは次に、どんな行動をとるべきなのだろう。

ただ結局。

ぼくは、頭に浮《う》かんだどの選択肢《せんたくし》も、自分で選びとることができなかった。

今のぼくは、自分の想定よりももっと無責任で、もっと疲《つか》れていた。

「あの、佐藤《さとう》さん」

と、ぼくは、後悔《こうかい》と恥《はじ》でぼんやりとした頭からしぼり出した声で、改まって佐藤《さとう》さんに呼《よ》びかける。その瞬間《しゅんかん》、その声が、思ったよりものどの奥《おく》にしっかりとしがみついてふるえていることに気がつき、自分でもおどろいた。

しかし、呼《よ》びかけてしまったからには、止めることはできない。

「はい」

と、佐藤《さとう》さんに返事もされてしまったので、ますます止められなくなった。

だから、ぼくは言った。

「実は、ぼく、本物のシマウマオニオンじゃないんです」

佐藤《さとう》さんの目が、大きくまるく見ひらかれる。

佐藤《さとう》さんの瞳《ひとみ》につまっていた誠実性《せいじつせい》が、そのままの純度《じゅんど》で瞳《ひとみ》にそって波紋《はもん》のように広がった。ぼくは、その波紋《はもん》にさらに小石を投げ入れるように、続ける。

「本当のシマウマオニオン、君島志真人《きみしましまと》は、ぼくのいとこで、もう死んでるんです」

「え……」

ぼくが吐《は》き出したその小石のかたちは、佐藤《さとう》さんが予想していたものと、かたちも質も、だいぶちがっていたのかもしれない。佐藤《さとう》さんは息をのみ、見ひらかれたままの瞳《ひとみ》の中では、動揺《どうよう》が大きくゆらめいた。

でも、もう止められない。

ぼくはもう、真実にあらがって逆走することに疲《つか》れはじめていた。

そして一度、真実の力に身をゆだねると、その流れはとめどなく、純度《じゅんど》100%のぼくの言葉を、佐藤《さとう》さんに届《とど》けていく。

「なので、最初の方のレシピは、本物のシマウマオニオン——志真人《しまと》が作ってたんですけど、この間投稿《とうこう》したレシピは、ぼくが志真人《しまと》のまねをして作ったやつで……。や、最初のは、本当にまねしようと、ちょっとはがんばったんですけど、最新のこの三つのレシピの、特に最後のやつは、ぼくが適当に作りました。写真のセンスがなかったり、全体の出来が悪かったりするのは、そのせいです。ごめんなさい」

ごめんなさい、と、ぼくは言った。

それは、ただ会話を終えるために口にした機能的なものではなく、心からの言葉だった。

佐藤《さとう》さんがファンだと言ったシマウマオニオンはこんなものは作りません、と強く否定《ひてい》し、佐藤《さとう》さんのシマウマオニオンを穢《けが》したことをあやまりたかった。

ただ、本当に適当に作ったわけではないことなど、パワポの無駄《むだ》な細かさや全体の文章量を見れば、一目瞭然《いちもくりょうぜん》であるはずにもかかわらず、「適当」という言葉を使ってしまったことは、よけいだった。「まだ本気出してないから」という言いわけは、やる前に言うと相当痛々《いたいた》しいが、やったあとに口にしても、大いに残念な響《ひび》き方をする。

つまり、ぼくは今、とんでもなくみじめだった。

しかし佐藤《さとう》さんも、さすがに今は、そんなぼくに気を遣《つか》えるほど、冷静にはなれなかったらしい。

「えっと……。え？　わ、ご、ごめんなさい。なんか思っていた展開《てんかい》とちがいすぎて、私《わたし》、今、すごくびっくりしていて、あの、ちょ、ちょっと待ってくださいね。一回……。一回、整理させてください」

佐藤《さとう》さんはそう言って、頭を両手でかかえ、机《つくえ》に両ひじをついてうつむいてしまった。

その結果ぼくは、今度は佐藤《さとう》さんの瞳《ひとみ》とではなく、つむじと向き合うことになる。佐藤《さとう》さんが今、どんな表情をしているのか、まったくわからなかった。ただ、佐藤《さとう》さんをこんな姿勢《しせい》にまで追いつめてしまったのはぼくなのだなあと、しびれた頭の中でさらに申しわけなくなった。

だからこそぼくは本来、そのことに責任を感じ、もっと言葉巧《たく》みに、自分が今、白状した真実にきちんと説明を加え、佐藤《さとう》さんの心と思考の整理を、積極的に手伝わなければならなかった。

でも、そんな器用なこと、ぼくにはできない。

この胆力《たんりょく》と体力のなさは、これまでぼくが、「ふつう」をつみ重ねることこそが美徳なのだと、志真人《しまと》の強烈《きょうれつ》な生命力に逆張りで対抗《たいこう》してきたことのツケなのだろうか。

そうなのかもしれない。だから、いざ張り合う相手がこの世からいなくなったら、このザマだ。軸《じく》を失ってからのぼくは、志真人《しまと》の猿真似《さるまね》をしたり、ただ言われたとおりに動いてみたり、逆に志真人《しまと》を越《こ》えようとしてみたりと、我《われ》ながら一貫性《いっかんせい》のない奇行《きこう》をくりかえしてばかりいる。

そしてその結果、なにもうまくいっていない。

なにも。

本当になにも、うまくいかない。

あーあ、志真人《しまと》。

おまえ、なんでいなくなったんだよ。

と、ぼくは、佐藤《さとう》さんのつむじをながめながら、急にそう思った。

すると、そのつむじが動く。

「なるほど、なるほどです。いろいろなことに、今、すべて納得《なっとく》……」

と、佐藤《さとう》さんは、そう言いながら顔を上げた。

しかし、自力で冷静さを取《と》り戻《もど》した佐藤《さとう》さんのその瞳《ひとみ》は、ぼくを見た瞬間《しゅんかん》、ふたたび大きく見ひらかれた。

「え、あ、ど、どうし……」

ふたたび、という言葉を使うことがはばかられるほど、佐藤《さとう》さんはぼくを見るなり、先ほどよりもさらに動揺《どうよう》して、しどろもどろになった。

それもそのはずで、うつむいていた佐藤《さとう》さんがふたたび顔を上げたとき、佐藤《さとう》さんの目の前でぼくは、両目からぼろぼろと涙《なみだ》をこぼして泣いていた。佐藤《さとう》さんが、次の言葉を「どうしました?」にするか、「どうしよう」にするか、「どうして?」にするか決めかねてフリーズしてしまったのも無理はない。

ぼく自身、意味がわからなかった。

たまねぎを持ち歩いているわけでもないのに、ぼくはなぜ今、こんなにも涙《なみだ》を流しているのだろう。

それでぼくは、自分の右腕《みぎうで》を、ぎゅっと両目に押《お》しつける。夏服の、白い半袖《はんそで》シャツからのびたその皮膚《ひふ》は、想像以上にぐにゃりとしていて、生ぬるい涙《なみだ》を押《お》しつける対象として、あまり心地よいものではなかった。でも、タオルはリュックの中だったし、アイロンがけされたハンカチなんて、もちろん持っていなかった。

だからぼくは、べしょりとぬれた腕《うで》を顔からはがすと、鼻をすすって口をひらく。

「すみま、せん。ほんと、なんなんだ、って、かんじ、です、よね。あはは、自分でも、そう、思います。ただ、あの、最近、ちょっといろいろ、あったんで、ほんと……。ほんと、すみません」

落ちついてから話しはじめたつもりが、口を開けた瞬間《しゅんかん》、急にまたどばっと目から水が出てしまい、ぼくはあわてた。しかし、そのあせりをごまかそうとした乾《かわ》いた笑いすら乾《かわ》ききらず、結局すぐに、中身も外見もぐちゃぐちゃの中学二年生男子ができあがる。

と、そんなドン引きしてもちっともおかしくない状況《じょうきょう》であったにもかかわらず、佐藤《さとう》さんは、一度おどろきをゆっくりと消化すると、その後はただ、無言でうなずいたり首をふったりして、ぼくの言葉がこれ以上、遠くへはじけ飛んでいかないよう、ひとつひとつ、ぼくの言葉を受け止めてくれた。その表情にイラだちやあきれはまったくなく、佐藤《さとう》さんは本当にいい人だなと、ぼくはふやけた思考のすみで確信した。

その証拠《しょうこ》に、やがて佐藤《さとう》さんは、ふと思い立ったように立ち上がると、部屋を出ていき、すぐに、大きなロールペーパーをかかえて戻《もど》ってきた。

そして、なぜか佐藤《さとう》さんの方が申しわけなさそうな顔をして言った。

「あの、これ、よかったら。ごめんなさい、近くにティッシュがなくて、キッチンペーパーなので、ちょっと硬《かた》いかもしれないんですけど……」

佐藤《さとう》さんはこの期に及《およ》んで、ぼくに対して敬語《けいご》で話し、ぼくを蔑《ないがし》ろにはしなかった。

そして、佐藤《さとう》さんが一度退室《たいしつ》したことで、やっと本当に少し落ちつきを取《と》り戻《もど》したぼくは、佐藤《さとう》さんが一枚《まい》分切り取ってくれたそのキッチンペーパーをありがたく受け取る。そして、まるで顔拓《がんたく》でもとるかのように、それで顔中の水分をふきとると、今度こそ、呼吸《こきゅう》が乱《みだ》れないよう気をつけながら、慎重《しんちょう》に口をひらいた。

「めっちゃ吸水《きゅうすい》しますね、これ」

すると佐藤《さとう》さんは、どこかほっとしたようすで、誇《ほこ》らしそうにうなずく。

「そうなんです。実はこれ、まだ内緒《ないしょ》なんですけど、弊社《へいしゃ》ととある企業《きぎょう》さんとのコラボ商品の試作品で。めっちゃ性能いいので、おすすめです」

「コラボ……。じゃあ、完成品は、ここにレシピが印刷されるんですか」

「えっ、いや、無地のままです……。でも、いいですね、それだと作りながら使えて」

「レシピって、本でもアプリでも、料理しながら見てると、絶対、紙とかスマホ、汚《よご》れるじゃないですか。キッチンペーパーならそのへんもいい感じに吸《す》いとってくれそうでいいですね」

「確かに。ただ、予算がなあ……。性能に全フリしちゃってるんですよね……」

なにごともなかったかのように話しはじめたぼくに、佐藤《さとう》さんはやさしく合わせてくれる。それでぼくは姑息《こそく》にも、その流れに乗って、元の話題にするりと戻《もど》った。

「あの、それで志真人《しまと》のことなんですけど」

そんなずるさ全開のぼくに佐藤《さとう》さんは、

「あ、は、はい」

と、やはりついてきてくれて、今夜は絶対、佐藤《さとう》さんに足を向けて眠《ねむ》れないなと思った。

それからぼくは、ぽつぽつと、志真人《しまと》の死後、志真人《しまと》のほとんどのＳＮＳのアカウントが乗っ取られ、レシピエンヌのアカウントだけが無事だったこと、それゆえに、このシマウマオニオンのアカウントをとっかかりに、乗っ取りの犯人さがしをはじめたことを、佐《さ》藤《とう》さんに伝えた。本当の志真人《しまと》は大学生で、大学の人にも当たってみたけれど、まだ犯人の手がかりはつかめていない、ということもついでに伝えた。

佐藤《さとう》さんは、ぼくのつたない話を、きちんと聞いてくれ、ぼくが最後に、

「なので、本当に、佐藤《さとう》さんのことをだまそうとか、そういう気持ちはまったくなかったんです。でも結果的に、迷惑《めいわく》ばっかりかけることになって、本当、すみません」

と、正式に謝罪したときも、佐藤《さとう》さんは、ずっと縦《たて》にふっていた首を横にふり、ぼくを責めることは一切しなかった。そして、話せることをぜんぶ話し終えてしまったぼくがだまると、佐藤《さとう》さんは「うーん」と、一瞬《いっしゅん》、その先を口にするかどうか迷うようなうめき声を出したあと、意を決したように背筋《せすじ》をのばして言った。

「あの。シマウマオニオ……。志真人《しまと》さんのスマホって、今、どちらにあるかご存知《ぞんじ》ですか?」

唐突《とうとつ》に思えたその質問に、ぼくは首をかしげる。

「いえ……。あ、家じゃなくて、その、いや、知らないです。でも、そうですね、たぶん家にあると思います。志真人《しまと》の」

「そうですよね。いえ、あの、私《わたし》も一応、こういう仕事をしている関係で、アカウントの

乗っ取りとかは他人事ではなくてですね、ちょっとは知見がありまして……」

佐藤《さとう》さんはそう言って、小さく咳《せき》ばらいをし、のどをととのえる。

そして、続けた。

「個人的な乗っ取りの多くは、スマホから始まります。スマホのロックだけ、なんらかの方法で突破《とっぱ》してしまえれば、すでにインストールされているアプリはだいたい、ログインしなおさなくても、そのまま使用でき、そこで会員情報をいじってメアドやパスワードを変えることができたら、ことはかんたんです。あとで志真人《しまと》さんの遺言《ゆいごん》やメモでログイン情報を知ったご家族が、アクセスしようとしてもログインできなくなる。つまり、志真人《しまと》さんの死後、誰《だれ》が志真人《しまと》さんのスマホにふれることができたか、それが犯人確保の大きな手がかりになるのではないでしょうか」

佐藤《さとう》さんは途中《とちゅう》から、ぼくとの打ち合わせ用に持ってきていたと思われる資料の紙の裏《うら》を使い、詳細《しょうさい》をさらに図解して、その仕組みをぼくに示してくれる。ぼくはそれを、とても興味深そうに見るふりをしたが、佐藤《さとう》さんの言わんとすることは、その図を見なくとも、じゅうぶんに理解できた。

というより本当は、言われなくとも気づくべきだった。

要は結局、ぼくはこれまで、このアカウント乗っ取り犯さがしに、本気になれていなかったのだろう。自分で考えず、志真人《しまと》や紗都子《さとこ》さんに言われるがままに行動してしまったがために、さまざまなハプニングに見舞《みま》われ、ことを複雑化してきた。佐藤《さとう》さんの話はとてもシンプルで、もっともで、急に、頭の中の霧《きり》が晴れたような気がした。

それでぼくは、

「ありがとうございます。そう、します」

と、佐藤《さとう》さんの言葉にうなずき、顔を上げる。すると、ほっとしたせいか、急にまた鼻から水がたれかけて、ぼくはあわてて鼻をおさえた。

「すみません、もう一枚《まい》、もらってもいいですか」

と、ぼくがキッチンペーパーを所望すると、佐藤《さとう》さんは、もちろん、ともう一枚《まい》、切り取ってわたしてくれる。

「すみません……」

ぼくは再度、その言葉を重ねると、佐藤《さとう》さんに背《せ》を向け、遠慮《えんりょ》がちに鼻をかんだ。どうして鼻をかむ音というものは、こんなにも大きく感じるのだろう。自分の中で響《ひび》いていて大きく聞こえているように感じるだけで、人には案外、届《とど》いていないのだろうか。そうであればいいと、ぼくは羞恥心《しゅうちしん》のはじっこで願う。

そして、自分のあらゆる水分をふきとりきると、ぼくは再度、佐藤《さとう》さんに向かい合った。佐藤《さとう》さんは手持ち無沙汰《ぶさた》だったのか、今、ぼくに図を描《か》いてくれていた紙に、さらになにかを加筆し、紙の情報量を限界まで上げてくれている。

そんな佐藤《さとう》さんに、ぼくの罪悪感はとうとう頂点《ちょうてん》に達し、ぼくは改めて、佐藤《さとう》さんに深く頭を下げた。

「本当に、ありがとうございました」

その後、ぼくが立ち上がると、佐藤《さとう》さんは先日と同じようにぼくをエレベーターホールまで見送ってくれた。打ち合わせどころか、ただ仕事の邪魔《じゃま》をしにきただけになってしまった親戚《しんせき》でもない中学生のために、佐藤《さとう》さんにこれ以上時間を使わせたくなかったが、ひとりオフィスビルにほっぽり出されても、場違《ばち》がい感にのまれてしまいそうだったため、ぼくはその佐藤《さとう》さんの人のよさに、最後まで甘《あま》えた。

オフィスは十九階だったので、エレベーターを待っている間、少し時間があった。

ただそれは、新しい会話をはじめるほどの長さでもなく、その間、ぼくと佐藤《さとう》さんはただ、だまってエレベーターの到着《とうちゃく》を待った。

いや、正確には佐藤《さとう》さんは、ぼくになにか言おうとしていて、ぼくもその気配に気がついていたけれど、あえて気づかないふりをしていた。それもそのはずで、思いがけず号泣してしまったことをふくめ、いろいろなことがあまりに恥《は》ずかしく、とても顔なんて上げられなかった。ただ、最後に挨拶《あいさつ》だけはきちんとしようとは思い、エレベーターが到着《とうちゃく》すると、ぼくは意を決して顔を上げ、

「ありがとうございました」

と、佐藤《さとう》さんの顔を見てから、頭を下げた。

そして、逃《に》げるようにすぐに、エレベーターに乗ろうとする。すると佐藤《さとう》さんは、手元に持ったままだった資料から、一枚《まい》だけ紙をぬいて、ぼくに差し出した。

「あの、これ！　よかったら！」

見れば、それは先ほど、佐藤《さとう》さんが図解をしてくれた例の紙だった。佐藤《さとう》さんの気遣《きづか》いがつまったその紙は、本日のぼくの恥《はじ》を具現化したものでもある気がして、正直受け取りたくはない。しかし、佐藤《さとう》さんの厚意を裏切《うらぎ》ることなどもちろんできず、ぼくはそれをなるべく視界《しかい》に入れないようにして受け取ると、すばやく折りたたんでポケットにしまう。エレベーターにはほかにも人がいたため、それ以上よけいな会話もできなくて、ぼくは急

いで佐藤《さとう》さんに小さく頭を下げた。

そんなぼくに佐藤《さとう》さんは、

「ありがとうございましたっ！」

と、ぼくはより深く頭を下げる。そして、そのままエレベーターの扉《とびら》が閉《し》まるまで頭を上げなかったので、ぼくの視界《しかい》に最後に残ったのは、佐藤《さとう》さんの、とても現実的なつむじだった。

13

その日の夜、ぼくは湯船につかった。

今日は一日、あまりにいろいろなことがあったので、なにかにつかりたかった。

体をぜんぶ、なにかに、つからせたかった。

なにかに。できれば、温かいものに。

そういえば、あの夜もそうだった。

両親がふたりとも志真人《しまと》の通夜《つや》に出かけ、ひとり、家に残った夜。

本来、テスト勉強をしているべきだったその時間に、ぼくはひとり、浴槽《よくそう》に湯をはり、風呂《ふろ》に入った。

梅雨の雨で体が冷えたから、というわけじゃなかった。

あの日もぼくは、ただ温かいなにかにつかって、自分の輪郭《りんかく》をふやかし、でもどこにも流れていかないように、やわらかく閉《と》じこもっていたかったのだ。

熱めの湯にひとりつかって、ぼくはあのとき、思った。

ああ、たまねぎみたいだな、と。

志真人《しまと》が死んだということはつまり、この世界がたまねぎだとしたら、その皮が一枚《まい》むけたということなのかもしれない。と、ぼくはそのとき、そう思って、なぜか頭の中に鮮《せん》明《めい》に浮《う》かんだそのたまねぎの映像《えいぞう》から目を離《はな》すことができなかった。

世界がまるいたまねぎなら、外側の皮を数枚《すうまい》むいたところで、たまねぎは少し小さくなるだけで、かたちは変わらない。たまねぎは、誰《だれ》もがたまねぎだと認識《にんしき》する、たまねぎのままであり続ける。

実際、志真人《しまと》が死んだところで、街の営みが止まることはなく、スマホの中でクラスのグループトークはぽこぽこと動き続け、この世から笑顔の数が減ったようには見えなかった。

志真人《しまと》が、あの志真人《しまと》が死んだのに。

なのに、世界はちっとも変わらなくて、世界はなんて冷たいのだろうと、熱い湯船の中で、ぼくは凍《こご》えた。

そして、これからのことを、少し考えた。

志真人《しまと》の死すら、たまねぎの皮がむけるようなことにすぎないのであれば、これから先のぼくの人生は、なにを失ってもずっと、同じなのかもしれない。

はらり、はらりと、たまねぎの皮は外側から少しずつめくれていって、最後、いつの間にか小さくなった、一口サイズの球根のようなものが、ぽとんと、どこかに落ちて転がったとき、今度はやっと、ぼくが死ぬ。それが、ぼくがこれから生きていく人生というものなのかもしれないと、妙《みょう》に納得《なっとく》した。

納得《なっとく》した瞬間《しゅんかん》、とてもくやしくなった。

きっと、志真人《しまと》なら、ちがっただろうに。

そんな思いが、強烈《きょうれつ》にぼくの血の温度を上げ下げした。

その血の波が、あまりに激《はげ》しくぼくの中をのたうちまわったので、ぼくはとうとうそれに耐《た》えきれなくなり、そのとき、湯船の中で体育ずわりをしたその体勢のまま、頭を下げ、自分の体の中心に向かって、つぶやいた。

「バカじゃねぇの」

でも、今夜はちがった。

今夜も、ぼくの体はいろいろなものに蝕《むしば》まれて、とても疲弊《ひへい》していたけれど、ぼくはあの夜のように自分をかかえこむことはせず、ただ、だらりと湯船に浮《う》かぶように四肢《しし》をのばしていた。

そして、風呂場《ふろば》の天井を見上げながら、ぼんやりとこの数週間のことを思う。

志真人《しまと》にたまねぎを届《とど》けるようになって、一か月半。

ぼくはもう、志真人《しまと》に六つもたまねぎをわたしている。

六つ。

6。

それは、2でも3でも割《わ》り切れる数で、1と2と3を足すと6になる。

なのに、1×2×3でも6。

ぼくは、6のそういうところが、昔からちょっと鼻についていたけれど、だからと言って、心底嫌《きら》いなわけではなかった。

それから、6は7より1、少ない。

ラッキーセブンという言葉で甘《あま》やかされ、虹《にじ》の色や音階の数だとちやほやされるわりに素数で、2でも3でも割《わ》り切れない7。その下で6は、これまでどれだけ割《わ》り切られてきたのだろう。

ぼくは、ため息をどんな長さでつけばいいのかわからなくなり、口まで湯船につかると、体の中の息をごまかす。

ぼくはもう、志真人《しまと》にたまねぎを六つ、届《とど》けた。
確かに、そろそろ志真人《しまと》のスマホのありかをさがしてもいいころなのかもしれない。

14

とはいえ、ぼくには学校がある。しかも、中間テストは来週にせまっていて、そんな状《じょう》況《きょう》にもかかわらず、今週ぼくは、テストに出るわけでもないたまねぎの化学反応について調べ、情報の授業の課題でもないパワポをつくり、たいそう無駄《むだ》な時間を過ごした。さすがにこの先は、志真人《しまと》関連のことよりも、自分自身の勉強を優先《ゆうせん》すべきだった。

でも、その週の土曜日に、ぼくは、ぼくの家の最寄り駅の、三駅となりにある志真人《しまと》の実家を訪《おとず》れていた。志真人《しまと》の家に来るのは久しぶりで、志真人《しまと》が死んでから訪《おとず》れるのは初めてだった。そうでなくとも、ある程度の年齢《ねんれい》になってからは、志真人《しまと》の方がぼくのもとを訪《おとず》れることばかりだったため、最後にぼくが志真人《しまと》の家に入ったのがいつか、よくわからない。

とはいえ、志真人《しまと》の家は、ぼくの幼少期《ようしょうき》の記憶《きおく》から、あまり変わっていなかった。ある程度、家具の入れ替《か》えはあったようだったが、間取りはもちろん、家具のレイアウトも変わっていない。ただ、昔はもっとエネルギッシュな生活感にあふれていたような気がしたが、今は、志真人《しまと》を失ったせいか、空気が湿気《しっけ》をおびた重いものに変わっている。一応、事前に訪問《ほうもん》すると伝えていたにもかかわらず、あまりかたづけられていない雑然《ざつぜん》とした部屋は、志真人《しまと》の両親が世界に興味を失っていることを、じんわりと示していた。

「キー坊《ぼう》、久しぶりだね。よく来たね」

連絡《れんらく》していたとはいえ、その連絡《れんらく》は前日のことで、ぼくのこの訪問《ほうもん》は「突然《とつぜん》」と呼《よ》ばれてもしかたのないものだった。にもかかわらず、志真人《しまと》のお父さんは、手土産もなく、手ぶらでやってきてしまったぼくに目を細め、まるでぼくが、「はじめてのおつかい」を成功させた幼児《ようじ》であるかのように、まぶしそうにぼくを見た。

志真人《しまと》のお父さんは、志真人《しまと》ほど口数は多くなかったが、人当たりがよく、軽快なコミュニケーションをする人で、酒に酔《よ》うと冗談《じょうだん》の頻度《ひんど》が上がり、そのぶん、内容の質が下がるというタイプのおじさんだった。飛びぬけて突飛《とっぴ》なところはなく、ただいつも雰囲気《ふんいき》が陽の色をしていることが長所の、親戚《しんせき》としてはなんの申しぶんもない、よいおじさんだ。

ただ、ぼくと血がつながっているのは、その配偶者《はいぐうしゃ》のおばさんの方で、母親の姉であるおばさんは、ぼくを見ると、少しだけ目をふせ、意識的に上げようとした口角は、うまく上がりきらずにふるえた。

それもそのはずで、自分の息子である志真人《しまと》は死んでいるのだ。妹の息子であるぼくがおばさんの前に現れることは、それだけですさまじい暴力だった。ぼくはそのことを、おばさんの表情を見て思い知り、いたたまれなくなる。

志真人《しまと》が死んだのは、ぼくのせいではないけれど、志真人《しまと》の死によって、ぼくは暴力になった。そういうことが、この世のいろいろなところで起こっているのかもしれない。

それを思うと、少し、呼吸《こきゅう》がしづらくなった。しかし、それでもやらなければならないことが、世の中にはあるのだと思う。

ぼくは、居間に通されると、おじさんにすすめられたとおりに三人がけのソファの端《はし》にすわり、おじさんはその横の一人がけのソファにすわった。おばさんは、キッチンでお茶の準備をしているらしく、ぼくの方には来ない。それを見てぼくは、ぼくがすわったその場所が、かつての志真人《しまと》の定位置ではないことを強く願った。

「それで、志真人《しまと》のスマホのこと、だったね」

おじさんは、ソファに腰《こし》をおろすと、雑談はせずに、さらりと本題に入った。

ぼくは、無言でこくりとうなずく。

志真人《しまと》のアカウントが乗っ取り被害《ひがい》に遭《あ》っており、スマホを確かめた方がよいと思っているということは、事前におじさんに連絡《れんらく》してあった。

すると、おじさんは、ぐっ、と少しなにかを決意するような間をおくと、ふーっと細い息をはきながら、ゆっくりと口をひらいた。

「それなんだけどね、実はうちにはないんだ」

「え」

思いがけない答えに、ぼくは純粋《じゅんすい》におどろく。

実家暮《ぐ》らしだった志真人《しまと》の私物《しぶつ》は、すべてここにある。ぼくはそう思いこんでいた。

「ごめん。連絡《れんらく》をくれたときに、伝えればよかったのに、申しわけない。志真人《しまと》のアカウントが乗っ取り被害《ひがい》に遭《あ》っているって聞いて、ぼくたちも動揺《どうよう》してしまってね。あとからもう一度連絡《れんらく》しようかとも思ったんだけど、キー坊《ぼう》には、ちゃんと会って話した方がいいかもしれないということもあって、結局、来てもらったんだ」

どくん。と、ぼくの中で、なにかが脈打つ。

ぼくは今日、情報を提供《ていきょう》する側として、ここへ来たつもりだった。

ぼくの記憶《きおく》ちがいでなければ、おじさんもおばさんも、そんなにITまわりには明るくない。ふたりはきっと、志真人《しまと》のアカウントが生きていることを知らないと思っていたし、そもそもアカウントが乗っ取られることがあり得るということすら、知らないかもしれないと思っていた。ぼくは今日、ここで、誰《だれ》にさわられるわけでもなく充電《じゅうでん》切れしているであろう志真人《しまと》のスマホを手に入れ、おじさんとおばさんに、このスマホに志真人《しまと》の死後、ふれた人間はいないかをたずねて、その可能性のある人間をリストアップする予定だったのだ。

なのに、今のおじさんの話しぶりは、どうもおじさんたちの方が、ぼくの知らない志真《しま》人《と》の情報を持っているかのようだ。

その思わぬ形勢逆転が、ぼくをとても動揺《どうよう》させた。

ぼくはだまって、両ひざの上に両こぶしをのせ、おじさんの話の続きを待つ。

おじさんは、言った。

「志真人《しまと》のことは、本当に突然《とつぜん》のことだったから、最初はぼくたちもただただ動揺《どうよう》してね、葬式《そうしき》の手配とか、そういう事務的なことで手いっぱいで、スマホのことまで手がまわっていなかったんだ。で、葬式《そうしき》の手配ができてから、こういうのには志真人《しまと》の友だちも呼《よ》んだ方がいいのかなと、はたとわからなくなった。それでとりあえず、志真人《しまと》の友人のひとりに連絡《れんらく》をとって、その子から、志真人《しまと》の通夜《つや》と葬式《そうしき》の日時を、必要そうな人にだけ広めてもらったんだ。いや、大学生ともなると、志真人《しまと》の最近の人間関係があまりわからなくてね。ずっと疎遠になっていた同級生の親から、いきなり連絡が来たらこまるだろうとも思って、とりあえず、最近の志真人《しまと》をよく知っていそうな人に、お願いしたんだ。そして、その関係で、志真人《しまと》のスマホもそのとき、その子にわたした」

ぼくは目を見ひらく。

おじさんは、うなずいた。

「迂闊《うかつ》、だったかもしれないね。でも、ぼくたちは今も後悔《こうかい》はしていないんだ。スマホっていうのは、写真やアプリとかもふくめて、最近はもう第二の脳《のう》で、正直、親に見られたくないものだって入っているかもしれない。もちろん、ぼくたちとしては、できることなら、志真人《しまと》の最新の写真とかを手元に残したかったけど、まあ、志真人《しまと》にとっては、そっちの方がいいんじゃないかと思ってね。ただ、そうか。ＳＮＳのアカウントが、そこから乗っ取られる可能性があるとは、考えなかったなぁ」

そう言っておじさんは、ズボンのポケットから、自分のスマホを取り出す。

そして、慣れない手つきでアプリを起動すると、ぼくにその画面を示して見せた。

「これが、志真人《しまと》のアカウント、ということで合ってるかな?」

そう言っておじさんは、ぼくのうなずきを受けては、ちがうアプリを表示し、それが志《し》真人《まと》のアカウントかどうか確かめる、という作業をくりかえした。志真人《しまと》はだいたいのアカウントを、@shimato_kimishimaというような本名にしていたため、おじさんでも検索《けんさく》は容易《たやす》かったのだろう。ただ、その中にレシピエンヌのアカウントは、さすがに入っていなかった。

「やー、そうかー……。ぼくもね、昔、流行《はや》ったSNS――今はおじさんばっかりになってるらしいね、そっちのアカウントは持ってるんだけど、最新のは全然くわしくなくて、志真人《しまと》がこういうのが好きでいろいろやっていることは知っていたけど、まさか今も更新《こうしん》されてるなんて思いもしなくて、見ていなかったんだ」

そこで、おばさんがやっと、お茶の支度を終え、おぼんを持ってぼくの前に、温かいほうじ茶と、お皿にのったどらやきをおく。湯のみもお皿も、明らかに客用のもので、昔のようにプラスチックカップに注がれたリンゴジュースでも、ティッシュ一枚《まい》をお皿代わりにした駄菓子《だがし》でもなかった。

おばさんは、おじさんの前にも同じようにほうじ茶をおくと、自分はそのままおぼんを胸《むね》の前でかかえ、おじさんが手の中で操作《そうさ》しているスマホを、少し離《はな》れた場所から、細めた目で見つめる。

見たいような、見たくないような。そんな薄目《うすめ》で見ているようだった。

そしてそのまま、おばさんは席にはつかず、またキッチンへ戻《もど》っていく。

ぼくがいるこの空間の空気は、おばさんにとって吸《す》うだけで息苦しくなるものなのかもしれない。おばさんの行動は、しかたのないものだった。

それでぼくは、志真人《しまと》のアカウントのマイページをスクロールし続けながら、少しぼんやりとしはじめていたおじさんに、意を決してたずねた。

「それで、あの、志真人《しまと》のスマホをわたしたその人って、誰《だれ》なんですか」

ぼくの問いかけに、おじさんははっと我《われ》に返ったようすで顔を上げる。その名を口にすることを、少しためらっているように見えるおじさんに、ぼくは追いうちをかけた。

「や、あの、ぼくの知らない人だとは思うんですけど、いろいろあって、ぼく、今、志真《しま》人《と》の大学の同級生の人、何人かと知り合いになったんで、もしかしたら、その人たちに聞けば、志真人《しまと》のスマホ、取り返せるかもしれなくて……」

追いうちをかけたつもりだったけれど、ぼくの声は、まるで言いわけをしているようにしどろもどろだった。本来、これはもう、ぼくがなんとかする問題ではない。おじさんたちが、志真人《しまと》のスマホをわたした相手を知っているのであれば、おじさんたちがどうにかすればいい話だ。

でも、志真人《しまと》がはじめたこの犯人追走劇《ついそうげき》は、今やあまりに、ぼくの人生に食いこみすぎている。ここで主導権《しゅどうけん》を取り上げられてしまうと、ぼくはもう二度と、自分の物語を生きられなくなるような気がした。

それに、ぼくが紗都子《さとこ》さんをはじめ、志真人《しまと》の知人の何人かと知り合っていることは事実で、ぼくは別に、悪いことをしようとしているわけじゃない。ぼくが、おじさんたちがスマホをわたしたというその人物の名前をたずねても、問題はないはずだった。直接の連《れん》絡《らく》先を知っているのは、紗都子《さとこ》さんだけだが、志真人《しまと》のアカウントのフォロワーからそれらしき人物をあたれば、相馬零一《そうまれいいち》や島田《しまだ》タイシ、ユーシンあたりにも行きつけるだろう。クラスやサークルの人ではなかったとしても、紗都子《さとこ》さんに聞けば、ある程度、動いてくれるはずだ。突然《とつぜん》ぼくを部室におきざりにするような人ではあるため、気は進まないけれど……。

と、ぼくが、おじさんが答えを口にするまでの間に、さまざまなプランを考えていると、おじさんはその人の名前を、ふわりと宙《ちゅう》に投げるように口にした。

「紗都子《さとこ》さんって、人なんだ」

と、おじさんはやわらかく、しかしはっきりと、そう言った。

ぼくは、かたまる。

ちょうど紗都子《さとこ》さんのことを考えていたため、聞きまちがえたのかと思った。でも、それは確かに、おじさんが発した名前で、脳《のう》がそれを理解すると、ぼくの口はゆっくりととまどった。

「え……?」

おじさんは、笑った。

「びっくりしただろ。女の人の名前で」

ぼくのリアクションの意味を取りちがえたおじさんは、そう言ってほがらかに笑う。

ぼくはその温度感のよくわからない笑いをひとしきり聞き終えると、小さく首をふりながら、言った。

「いや、あの、そう、じゃなくて。あの、ぼく、その人のこと、知ってるんです。この間、その、知り合って……」

すでに実際に会っているという事実は、反射的《はんしゃてき》に伏《ふ》せた。

すると、今度はおじさんがおどろいて、目をまるくする。

「え、そうなの？」

「あの、はい。ＳＮＳで、メッセージが来て、それで……」

嘘《うそ》ではなかった。

ぼくの言葉に、おじさんは不思議そうにしながらも、どこか納得《なっとく》したようにうなずく。

「そうか。志真人《しまと》が、紗都子《さとこ》さんにキー坊《ぼう》の話でもしてたのかな」

「あの、はい。そんな感じで。でも、あの、スマホの話は、今、初めて聞いて。あの、その、紗都子《さとこ》さんがアカウントの乗っ取りの犯人かどうかはわからない……んですけど、でも、スマホは返してもらった方がいいですよね。解約とかの手続きに、必要かもしれないですし」

ぼくはそう話しながら、脳裏《のうり》にここ最近のできごとを走馬灯のように映《うつ》して流す。

『こりゃ、サトコだ。犯人じゃねーな』

レシピエンヌに届《とど》いた紗都子《さとこ》さんからのメッセージを見て、志真人《しまと》はそう言っていた。

『そう、それでね、キートくん。その乗っ取り犯のことなんだけど、私《わたし》、もしかしたら、って思ってる人がいるの』

カフェで会ったとき、紗都子《さとこ》さんはさらりとそう言って、スマホのことなど素知らぬ顔で、相馬零一《そうまれいいち》を容疑者《ようぎしゃ》にあげた。

あのとき、紗都子《さとこ》さんはどういう思いで相馬零一《そうまれいいち》の名前を口にしたのだろう。

まさか、自分に容疑《ようぎ》の目が向かないように、人身御供《ひとみごくう》として相馬零一《そうまれいいち》を差し出した？

だとしたら、とんだコロポックルだ。

と、ぼくが目の前のおじさんではなく、自分の中の走馬灯に夢中になって見入っている
と、おじさんが、ゆっくりと首を横にふる。

「それがね、解約はもうしてあるんだよ。いつの間にか、紗都子《さとこ》さんがぜんぶ、やってくれていてね。正直、助かったよ。事務手続きが多くて、その度に、志真人《しまと》が死んだことを担当者《たんとうしゃ》に説明しなきゃならなくて、それはぼくたちにとって、結構、つらい作業だったからね。ひとつでも減らせて、ありがたかった」

それでぼくは走馬灯から視線《しせん》をはずし、おじさんの話にまゆをひそめた。

「え、スマホの解約って、家族じゃなくてもできるんですか？　なんか、証明書とかいるんじゃ……」

するとおじさんは、

「うん……。そう、なんだと思うんだけどね。そっか、それは聞いていていないのか」

と、なんとも煮《に》えきらずに言葉をにごし、ほうじ茶を口にふくむ。

しかし、先をうながすぼくの視線《しせん》の圧に耐《た》えられなくなったのか、また、ふーっと長く細い息をつくと、観念したように口をひらいた。

「紗都子《さとこ》さんは、家族なんだよ。志真人《しまと》にとって」

おじさんは、とても落ちついている常識人のようにふるまっているにもかかわらず、おかしなことを口にする。それでぼくは、

「家族？」

と、おじさんの言葉の中でいちばんおかしいと思うところを切り取って、投げかえした。

しかし、続くおじさんの答えに、ぼくは言葉を失う。

おじさんは、言った。

「そう。志真人《しまと》はね、紗都子《さとこ》さんと結婚《けっこん》していたんだ」

それは、あんぐり、というオノマトペが、ぼくの人生に初めて登場した瞬間《しゅんかん》だった。

話が、あまりにななめの方向に飛んでいって、ぼくはおじさんが口にしたその言葉の意味を必死に自分の方へたぐりよせる。

結婚《けっこん》。

結婚《けっこん》？

ぼくにとってその言葉は、遠いフィクションの世界の所有物で、志真人《しまと》の人生が、その言葉が登場する余地を持っていたなんて、考えたこともなかった。

確かに多くの人はそれを、いつか自分も人生の中で体験するものとして、ぼんやりと認《にん》識《しき》しているのかもしれない。しかし少なくとも志真人《しまと》は、そうでなかったように思う。むしろ、婚姻《こんいん》というものを前時代的な制度としてとらえ、批判《ひはん》するまでもない、とるにたらないものだと思っていたのではないだろうか。

それとも、それはすべて、ぼくの勝手な期待であり、妄想《もうそう》にすぎなかったのか。

結婚《けっこん》という言葉が、ぼくの中であまりにも志真人《しまと》と結びつかず、ぼくはその動揺《どうよう》を、何の加工もせずに、そのままおじさんにぶつける。

「結婚《けっこん》、って、志真人《しまと》が、ですか？　紗都子《さとこ》さん、と？」

すると、おじさんはぼくの動揺《どうよう》に少しも動じず、まるですべてが予定調和だと言わんばかりに、用意されていたかのようなセリフを口にする。

「そう。や、おどろいたよね。これは、キー坊《ぼう》のお父さんお母さんにも、話していないことだったんだ。なんていうか、事情がとにかく複雑でね、恥《は》ずかしいことではないと思ったんだけど、でも、ふつうじゃないというか……」

言いよどんだおじさんに、ぼくは食い気味に、とがった声をかぶせる。

「志真人《しまと》が、ふつうだったことなんてないじゃないですか」

自分でもおどろくほど、その声は明確な怒《いか》りをおびていた。

まるでとんでもない理不尽《りふじん》を、突然《とつぜん》浴びせられたときのように、ぼくの感情は反射的《はんしゃてき》に反応し、ぼくはそれをコントロールできなかった。

おじさんは、そんなぼくに面食らいながらも、

「え？ あ、うん、そう、だね……。キー坊《ぼう》には、特にそう見えていたかもしれないね」

と、あいまいに笑う。

その笑顔すら、今のぼくには許せなかった。先ほどから、思いがけない言葉ばかりが降《ふ》ってきて、話はちっとも、ぼくの思いどおりに進まない。

イライラして、腹《はら》が立った。おじさんはいったい、誰《だれ》の話をしているのだと、おじさんのすべてを否定《ひてい》したくなった。

と、ぼくのその憤慨《ふんがい》したようすに説明の必要を感じたのか、おじさんはようやく早口になって、情報提供《ていきょう》の速度を上げる。言いわけをするように、あとづけをした。

「いや、結婚《けっこん》と言ってもね、形式的なものだったんだ。その理由は、紗都子《さとこ》さんの事情もあるから、ぼくの方からは話せないけど、志真人《しまと》は人助けとして、紗都子《さとこ》さんと結婚《けっこん》――というか、婚姻《こんいん》関係を結んで、戸籍《こせき》上、紗都子《さとこ》さんと夫婦になった。だから携帯《けいたい》の解約も、紗都子《さとこ》さんは、志真人《しまと》の配偶者《はいぐうしゃ》としてできたんだと思うよ。戸籍謄本《こせきとうほん》とかを見せれば、証明はできただろうからね」

形式的。結婚《けっこん》。婚姻《こんいん》。戸籍《こせき》。解約。配偶者《はいぐうしゃ》。謄本《とうほん》。証明。

どれも妙《みょう》に現実的な言葉であるにもかかわらず、そのどれにも体温を感じられなくて、ぼくはただ、目の前をころがっていくボールをながめるように、すべての言葉を見送ってしまう。ただ、どれもが本当に事務的に流れていったので、ぼくの中で跳《は》ね上がっていた怒《いか》りのようなものは、その言葉たちとともにおおかた流され、ぼくはその跡地《あとち》を見つめながら、改めてもう一度、とまどった。

「そんな……。でも、おじさんたちは、よかったん、ですか？　その、なんか大恋愛《だいれんあい》でとかでならまだしも、形式的に結婚《けっこん》とか……。や、恋愛《れんあい》しなきゃ結婚《けっこん》できないわけじゃないかもしれないですけど、その、反対とか、しなかったんですか」

ぼくの言葉をおじさんは、ずっとあいまいなほほえみを絶やさずに、受け止めている。

わかりきったこと、あたりまえのこと、何千回も考えたことの一万一回目を聞いているような顔をしていた。

でも、しかたがない。

ぼくは、とてもふつうの人間なのだ。ふつうのことしか言わない。

それこそがぼくの役目で、だからぼくは、おじさんにこんな顔をされても、おじさんが先ほどから口にしている「ふつう」を、志真人《しまと》の方からぼくの方へ、引きよせなければならなかった。

すると、おじさんは、言った。

「ぼくは、古い人間なんだ」

その、急にやけにはっきりと放たれた声に、ぼくはびくりとする。

おだやかな表情とは裏腹《うらはら》に、ぼくの憤《いきどお》りやとまどいに、本当のところおじさんは、思ったよりイラついていたのかもしれない。

わかっている、そんなことはわかっているから、言ってくれるな。と、おじさんは今、このままだといつまでもおじさんを責めるようにとまどい続けそうなぼくの言葉を、「自分の話」をすることで封《ふう》じたのかもしれない。

その証拠《しょうこ》に、ぼくがだまるとおじさんは、一瞬《いっしゅん》大きく膨張《ぼうちょう》してしまった自分の声を、すぐに元の大きさに戻《もど》し、ぼくではなく、目の前のローテーブルの角を見つめながら、またたんたんと、事情を説明しはじめた。

「小さいころから特性が強かった志真人《しまと》を、どう育てればいいのか、ぼくたちは、ずっとわからなかった。特にぼくはずっと、子どもは学校に毎日行くべきだと思っていたし、約束は必ず守って、自分が立てた計画は、必ず最後まであきらめずにやりとおすべきだと思っていた。ぼく自身は、特に取《と》り柄《え》のない、いわゆるふつうの人間だけど、そんなぼくでも、できてきたことなんだから、それができない人間なんていない。できないことは甘《あま》えで、それをできるようにしてやることが親の務めなんだと、ずっとそう思っていたんだよ。でも、志真人《しまと》が生まれて、志真人《しまと》の親になって、自分のこの考えが、とても小さかったことに気がついた」

志真人《しまと》が、こんなふうに親の目線から語られている話を聞くのは、初めてだった。

ぼくにとって、志真人《しまと》はずっと志真人《しまと》で、でもぼくが志真人《しまと》だと思っていた志真人《しまと》は、「ぼくの七歳《さい》年上のいとこ」という志真人《しまと》だけだったのかもしれない。志真人《しまと》が、人の息子であるという、とてもふつうのことに、とてもふつうなぼくは、これまでなぜか、うまく気づけていなかった。

そのことを、ぼくが処理《しょり》しきれずにいる間にも、おじさんは自分の息子の話を続ける。

「キー坊《ぼう》の方がずっと年下だったし、毎日会っていたわけじゃなかったから、志真人《しまと》が毎日をどう過ごしていたのか、特に志真人《しまと》の子ども時代のことは、キー坊《ぼう》は知らないだろうね。志真人《しまと》は昔から、人より少しこだわりが強い一方で、人より体力がなくて、なのに、眠《ねむ》ることがあまり得意じゃなかった。ものすごく元気でおしゃべりが止まらない日もあれば、一日なにもできずに、床《ゆか》の上に転がっていることもあった。『育てにくい子ども』なんていう言葉もあるけど、志真人《しまと》にとっては、ここが生きづらい世の中で、生きづらい体だったんだと思う」

ぼくは、志真人《しまと》がなにもせずに床《ゆか》の上に転がっている姿《すがた》を見たことがない。ものすごく元気で、おしゃべりが止まらない志真人《しまと》しか、知らない。

それはぼくが、志真人《しまと》の弟として暮《く》らしをともにしていたわけではなく、あくまでいとことして、志真人《しまと》が元気なときにだけ会える相手だったからなのかもしれない。

志真人《しまと》は、どうしたってぼくにとって、「七歳《さい》年上のいとこ」だったのだ。

ぼくは、志真人《しまと》が風邪《かぜ》を引いているところすら、見たことがなかった。

そして、そんなところしか見せずに、志真人《しまと》は死んでしまった。

おじさんは、今度はハッと短く息をはくと、続ける。

「まだ中学生のキー坊《ぼう》に、偏見《へんけん》を持ってほしくないから名前は伏《ふ》せるけど、要は志真人《しまと》には障《しょう》がいがあった。医者によって、多少診断《しんだん》のずれはあったけど、志真人《しまと》は生まれつき、自分のやる気をコントロールすることが、とても難《むずか》しいという脳《のう》の障《しょう》がいを持っていたんだ。それはある程度、薬で改善《かいぜん》できるものなんだけど、人それぞれ合う薬がちがってね、志真人《しまと》にはなかなか合う薬が見つからなかった。だから、志真人《しまと》はずっと、あまり学校に行けない子どもで、高校も卒業はしていないんだ。高卒認定《にんてい》試験というものを受けて、大学受験の資格を得たんだよ」

そんな志真人《しまと》を、ぼくは知らない。

ぼくが知っている志真人《しまと》は、スピーチコンテストで賞をとったり、海外をひとりで放浪《ほうろう》したりする、元気な志真人《しまと》だけだ。

いや、最近はそうでもない。なにせ、相馬零一《そうまれいいち》が言っていた。

『あいつ、波ありすぎて、案件企画《きかく》するだけして投げ出すとこあったから、わざわざ俺《おれ》が評判落とすまでもなく、元々《もともと》、煙《けむ》たがられてたよ』

志真人《しまと》には、波がありすぎた。それは、今のおじさんの話に、一致《いっち》する言葉だ。

そしておじさんは、さらにぼくに、志真人《しまと》を紹介《しょうかい》する。

「志真人《しまと》が、なんで死んでしまったか、キー坊《ぼう》は聞いてるかな」

「え……。あ、う、あの、心臓《しんぞう》発作？　で、いきなりって……」

「そう。心不全。朝、急に心臓《しんぞう》がうまく機能しなくなって、止まったんだ。ただそれは、今言った、障《しょう》がいのせいじゃない。それだけじゃない。こっちは、ただの事実だから伝えるけど、志真人《しまと》には生まれつき心臓《しんぞう》に、エプスタイン奇形《きけい》という特徴《とくちょう》があってね、血液の流れを調整するための、心臓《しんぞう》の弁の一部がうまく機能していなかったんだ。ただ、人によってはほとんど症状《しょうじょう》もなく、高齢《こうれい》まで生きられるものでね、志真人《しまと》の場合も、医者は手術の必要はないと言っていた。致死率《ちしりつ》も低いってね。でも、志真人《しまと》は死んでしまった。もうひとつの脳《のう》の障《しょう》がいの方の薬が、たまたま心臓《しんぞう》に合わない薬で、その運命のかけ合わせで、死んでしまったんだ」

おじさんは、そこでまた大きく深呼吸《しんこきゅう》をする。その呼吸音《こきゅうおん》の遠い向こう側で、おばさんのすすり泣く声がした。

「馬鹿だったなぁ。ぼくはずっと、志真人《しまと》にはいろいろな能力や魅力《みりょく》があるのに、どうしてぼくのような凡人《ぼんじん》にすらできることができないんだろうと、本当は、志真人《しまと》が死ぬ直前まで思っていたんだよ。志真人《しまと》の特徴《とくちょう》に理解を示しているふりをしながら、どうしてもっとがんばれないいんだろう、もったいないなあ、と、頭の中ではそんなことを考えていた。でも、そう、志真人《しまと》の心臓《しんぞう》も脳《のう》も、ぼくのものとはちがったんだ。ぼくにはかんたんにのぼれる坂道が、志真人《しまと》の心臓《しんぞう》にとっては断崖絶壁《だんがいぜっぺき》のようなものだったのかもしれない。ぼくにはただの風景でしかない街の雑踏《ざっとう》が、志真人《しまと》には目が痛《いた》くなるほどチカチカして見えていたのかもしれない。そこに、どうしてぼくは、志真人《しまと》が死ぬ前に気づけなかったんだろう」

ぼくは、声がふるえたおじさんの顔をとても見ていられなくて、視線《しせん》を下げた。しかし、その視線《しせん》の先では結局、きつくにぎりこまれたおじさんの両こぶしがぶるぶるとふるえていて、ぼくはそれを見つめなければならなくなった。

おじさんは、ずっ、と、一度鼻をすると、のどをととのえる。

そして、ゆっくりと、空気を戻《もど》した。

「ごめん、話がずれてしまった。そう、紗都子《さとこ》さんとの結婚《けっこん》に、なぜ反対しなかったか、だったね。いや、最初は反対したんだよ。紗都子《さとこ》さんの事情はわかるけど、それに志真人《しまと》が人生をかけてつき合う必要はないんじゃないかって、そう言った。でも、志真人《しまと》に熱心に説得されて折れたんだ。『俺《おれ》は、結婚《けっこん》というものをしてみたい。でも、こんな俺《おれ》じゃ、一生、結婚《けっこん》はできないかもしれない。だから、このチャンスに、結婚《けっこん》をしてみたいんだ』って。結婚《けっこん》は、紙切れ一枚《まい》のもんじゃないのになぁ。本当、そういうところはふつうに馬鹿なやつだったよ」

と、おじさんは笑う。

そしてその揺《ゆ》れで、目の端《はし》からこぼれた涙《なみだ》を、右手の人さし指でさっとぬぐうと、さらに、その笑いでなにかを強くごまかしてしまおうとするかのように、続けた。

「そして、さっきも言ったとおり、ぼくは古い人間で、自分の一人息子である志真人《しまと》に、人生のどこかで結婚《けっこん》をしてもらいたいと思っていたし、できれば孫の顔も見たかった。これまでは、志真人《しまと》にとってそういう『ふつう』はとても遠くにあるものなのだろうと思っていたけれど、急に志真人《しまと》が結婚《けっこん》するって言い出して、少しそれを、誘惑《ゆうわく》のように感じたんだ。今、紗都子《さとこ》さんと恋愛《れんあい》関係でなかったとしても、いずれそうなるかもしれない。少なくとも、紗都子《さとこ》さんを助ける名目で結婚《けっこん》しておけば、紗都子《さとこ》さんは志真人《しまと》に引け目を感じて、志真人《しまと》の多少の弱点については目をつむってくれるかもしれない。婚姻届《こんいんとどけ》をいつ出したかなんて、人にはどうせわからないんだから、いつかそうやって、ふたりが本当の夫婦になったときに、結婚式《けっこんしき》なりなんなりして、世間に公表すれば、自分もそこに『ふつうの親』として、参列できるんじゃないかなんてね、思ってしまったんだよ。志真人《しまと》が結婚《けっこん》の話を言い出したのが、去年の四月だったたってことも大きかった。志真人《しまと》は五月に具合が悪くなることが多かったから、紗都子《さとこ》さんが志真人《しまと》のその姿《すがた》を見て気を変える前に、結婚《けっこん》してしまった方がいいかもしれないなんて、そんな打算的なことを考えた。馬鹿だろう。本当に、俺《おれ》と志真人《しまと》は馬鹿なとこだけそっくりだ」

馬鹿だ馬鹿だと言いながら、おじさんの瞳《ひとみ》は、その水膜《すいまく》の向こうでまだ、なにか自分がずっと大切にしてきたものを、見つめ続けているようにも見えた。

ぼくはそんなおじさんを見ながら、本当にこの人は、ぼくと血がつながっていないのだろうかと、不思議に思った。つながっていなくてよかった、とも思った。でも、ぼくと志《し》真人《まと》は血がつながっていて、志真人《しまと》とおじさんも、もちろんつながっている。

つまり、「ふつう」を作る成分に、血はあまり関係ないのかもしれない。そう思いいたると、ぼくの中で血の意味は、とてもささいなものとなり、その大きさはちょうど、婚姻《こんいん》届《とどけ》一枚《まい》と同じくらいになった。

けれど、おじさんは言った。

「だからね、キー坊《ぼう》。ぼくたちは正直、紗都子《さとこ》さんが志真人《しまと》のアカウントを乗っ取っていたとしても、それを責めようとは思えないんだ。見たところ、別に志真人《しまと》を名乗って悪さをしているわけじゃなさそうだし、スマホも解約されてるから、通信料を払《はら》い続けているわけでもない。ぼくたちに特に害はないんだ。だから……。だから、キー坊《ぼう》」

おじさんは、瞳《ひとみ》には涙《なみだ》を、口の端《はし》には笑みを残したまま、虚《うつ》ろなピエロのような表情で、言った。

「ぼくたちは、別にこのままでいいんじゃないかと、そう思ってるんだよ」

それは、ここまでの話を、ぎゅっと雑巾《ぞうきん》のようにしぼりあげてこぼれた、雫《しずく》のような本心だった。その雑巾《ぞうきん》が、すでになにかを掃除《そうじ》したあとの使用済《ず》みのものなのか、これからなにかを水拭《みずぶ》きしようとしているきれいな雑巾《ぞうきん》なのかは、ぼくにはよくわからない。ただ、どちらにしても、雑巾《ぞうきん》は雑巾《ぞうきん》だ。ぼくはその雫《しずく》を、飲みほしたいとは思わなかった。

しかし、ぼくがその雫《しずく》の処理《しょり》にこまって、しばらく無言でじっとしていると、ずっと少し離《はな》れたところにいたおばさんが、急にぼくらに近づいてきて、ソファではなく、おじさんのとなりに、ひざをついてすわった。

そして、おじさんがずっと手の中で持っていたスマホを、のぞきこむ。

おじさんは、話をしている間ずっと、落ちつかないようすで、手遊びをするように指を動かしていたため、その指がふれたスマホの画面は、起動されたままになっていた。

つまり今、そこには、志真人《しまと》のアカウントが表示されている。

おばさんはそれを、恵《めぐ》みの水だと言わんばかりの仕草で、ていねいに、おじさんの手から両手ですくいとり、そして、言った。

「……すごいねぇ」

その声は、まるで初めて文明を見た少女のように澄《す》んでいて、その屈託《くったく》のなさに、ぼくは続く言葉を予想して、思わずぎゅっと目をつむった。

すると、ぼくが目をつむったその瞬間《しゅんかん》に、おばさんは言った。

「こうやって見ると、志真人《しまと》、本当に生きてるみたいね」

それは、夢のように甘《あま》い、しっとりとした声だった。

この世の憂《うれ》いをすべて投げ出して、これからの幸せを保証してくれる神さまに感謝をしているかのような声だった。

だから、ぼくはさけんだ。

その声を、かき消すように、さけんだ。

「志真人《しまと》は、死んだ！」

生まれて初めて出した種類の大声に、ぼくも、ぼくののどもびっくりした。

でも、気づけばぼくはその大声とともに立ち上がり、おばさんの手からスマホを取り上げていて、おじさんとおばさんはそんなぼくを、目をまるくして見ていた。

それでぼくは我《われ》に返り、あわてておじさんに、スマホを返す。

返しながら、しどろもどろで言いわけした。

「あ、いや、あの、ごめんなさい。ちがう。ちがうんです。そうじゃなくて、なんか、志《し》真人《まと》は今、ちゃんと天国で幸せに暮《く》らしてると思うんです。この世で、そんなbotみたいな……あの、botって、コンピューターのプログラムが自動で投稿《とうこう》とかコメントをするシステムがあるんですけど、そんな、誰《だれ》かの言葉を適当に引用するみたいなことをいつまでもしていないで、ちゃんと天国で、なんかでっかいビジネスとかしながら、笑って暮《く》らしてるんじゃないかって、俺《おれ》、なんか、そう思うんです」

立ったままそう言ったので、ぼくの顔は、ソファにすわったおじさんと、床《ゆか》にひざをついていたおばさんよりも、高いところにあった。そのせいか、ぼくを見上げているふたりは、まるで小さな子どものように見える。でも、ぼくがそのことに対して、いたたまれない気持ちになることはなかった。

むしろ、どこか納得《なっとく》していた。

ぼくの方が正しいことを言っている大人なのだと、自然に思った。

そして、ふたりも同じように感じていたのかもしれない。

おばさんは、ぼくの言葉をゆっくりと咀嚼《そしゃく》する時間をとると、先ほどまでスマホを大事につつみこんでいた両手で顔をおおい、その向こうで、何度も、何度もうなずいた。

「そうね。そうよね。きっと、そうね」

そして、そのまま泣きくずれてしまったおばさんの肩《かた》に、おじさんは手をおき、ぼくを見やる。その目は、ぼくを決してにらみつけてはいなかったけれど、ぼくに「甥《おい》っ子」という家系図《かけいず》上のつながりすら、感じていないように見えた。

それでぼくは、この部屋でとても孤独《こどく》になり、ソファにすわりなおすことはせずに、ふたりに頭を下げる。

「紗都子《さとこ》さんのこと、教えてくださって、ありがとうございました」

そして、ぼくはそのまま、この先どうするかをふたりに告げることなく部屋を出た。

廊下《ろうか》に出ると、志真人《しまと》の部屋のドアが目に入ったけれど、もちろんぼくは、それを開けず、その扉《とびら》にふれることすらせずに、玄関《げんかん》から外へ出た。

そうして、ぼくは志真人《しまと》の家を去った。

15

ぼくには、選択肢《せんたくし》がふたつあった。

ひとつは、おじさんとおばさんから得た、志真人《しまと》と紗都子《さとこ》さんが結婚《けっこん》していたという事実について、すぐさま紗都子《さとこ》さんを問いただし、紗都子《さとこ》さんが犯人である可能性を追及する。もうひとつは、月曜日の朝まで待って、志真人《しまと》にその事実をつきつけ、志真人《しまと》に判断をゆだねる。

このふたつは、似ているようでとてもちがうと、ぼくにはもう、わかっていた。状況《じょうきょう》だけ考えれば、そもそも、このアカウント乗っ取り犯さがしの依頼人《いらいにん》は志真人《しまと》なのだから、志真人《しまと》に経過報告をすればいい。そして、志真人《しまと》の判断次第で、紗都子《さとこ》さんに会う必要があるなら、会いに行けばいいのだ。でも、もしかすると志真人《しまと》は、紗都子《さとこ》さんを問いつめる必要はないと言って、この件をこれで終わりにするかもしれない。それならばそれで、ぼくはもうこの件に関して労力を使わなくてすむわけで、ぼくが探偵《たんてい》だったら、まよわずそうすると思った。

でもぼくは探偵《たんてい》ではなくて、次の日は日曜日で、ちっとも人間ができていないぼくは、中間テストの勉強に、みじんも身が入りそうになかった。でも、どうするべきかうだうだと悩《なや》みながら、惰性《だせい》でこの日曜日をやりすごし、なんとなく月曜日の朝を迎《むか》えて志真人《しまと》に会いにいくという流れだけは嫌《いや》だった。

ぼくはもう、志真人《しまと》のスマホをさがすと決意したのだ。ならばぼくは、志真人《しまと》の答えを待たずに、自分で、自分のその判断に決着をつけなければならない。志真人《しまと》ではないぼくは、0から1を生むレシピを作ることは下手だったが、真面目に計画を実行することは、昔からそこそこ得意だ。そしてぼくはそのぼくを、そろそろ取《と》り戻《もど》さなければならない。

だから、おじさんたちの家から帰宅《きたく》し、頭の中でいろいろな情報を整理する夜を過ごした次の日。ぼくは、起きぬけいちばんに、紗都子《さとこ》さんにメッセージを送った。

すると、送ってすぐに紗都子《さとこ》さんから通話着信があり、ぼくはそれにすぐに応答した。

起きぬけの声で、でもはっきりと、「はい」と、その着信に、出た。

「……キートくん?」

ぼくの耳に、最初に飛びこんできた紗都子《さとこ》さんのその声は、とてもいぶかしげだった。

「はい」

と、ぼくは答えた。

「キートくん。本当に、キートくんね？」

「はい」

「キートくん……。どういうこと？」

「こっちのセリフです。志真人《しまと》と結婚《けっこん》してて、志真人《しまと》のスマホを持ってるって、なんでこの間、教えてくれなかったんですか」

「そんなことより！　キートくん、明日、志真人《しまと》くんと会うって、どういうことなの？　キートくん……。キートくん、大丈夫《だいじょうぶ》？」

紗都子《さとこ》さんの声は動揺《どうよう》していて、せっぱつまっている。

それもそのはずで、ぼくが紗都子《さとこ》さんに送ったメッセージの内容はこうだった。

〈志真人《しまと》と、結婚《けっこん》していたと聞きました。

志真人《しまと》のスマホを持っているとも聞きました。

明日、志真人《しまと》と会うので、スマホ、返してもらってもいいですか〉

ぼくのそのメッセージを受けて紗都子《さとこ》さんは、メッセージに返信するよりも前に、すぐに通話をすべきだと判断したのだろう。ぼくは、その行動をありがたく受け止めながら、きわめて冷静に返事をする。

「ぼくは大丈夫《だいじょうぶ》です。ただ、きのう、おじさんとおばさんに、志真人《しまと》のスマホは紗都子《さとこ》さんが持ってるって聞いて。ちょうど明日、志真人《しまと》と待ち合わせしてるんで、返せるなら返した方がいいんじゃないかと思って、連絡《れんらく》しました」

すると、スマホの向こうで紗都子《さとこ》さんの声が裏返《うらがえ》る。

「キートくん！　なんで……。待ち合わせって、どういうこと？」

紗都子《さとこ》さんは、ただ動揺《どうよう》しているというより、あせっているようだった。まるで、ぼくがこんなことを言い出したのは自分のせいで、だから責任をとらなければならないと、責任の取り方の糸口を必死に探《さが》しているように感じられる。

でも、ぼくは別にそういうものを望んでいるわけではなかった。

そして、紗都子《さとこ》さんがあせればあせるほど、ぼくの心は息をひそめた。

「や、実は、ここ最近、志真人《しまと》に毎週月曜の朝、たまねぎ持ってくるように頼《たの》まれてて、明日、月曜なんで、持ってくんです。だからスマホも、よかったら届《とど》けます」

「……ここ最近って、いつから？」

「えっと、八月末かな。二学期がはじまるちょっと前だったんで」

「八月、末……」

「はい」

「それからキートくん、ずっと、志真人《しまと》くんに毎週、たまねぎ届《とど》けてるの？　志真人《しまと》くんに、会ってるって、こと？」

「はい。例のアカウント乗っ取り犯さがしも、そのついでに志真人《しまと》に頼《たの》まれたんです」

「志真人《しまと》くんに……」

「はい。あ、志真人《しまと》は、紗都子《さとこ》さんのこと、犯人じゃないって断言してましたよ」

「志真人《しまと》くんが？」

「はい」

紗都子《さとこ》さんが、言葉につまる。ふるえるような、小さなため息が聞こえた。そしてそのふるえは、長い時間、言葉を探《さが》してさまよったあと、ふるえたままたずねる。

「キートくん、どうして志真人《しまと》くんに、たまねぎを届《とど》けてるの？」

「さっき言ったとおり、志真人《しまと》に頼《たの》まれたんですよ。知ってました？　天国って、たまねぎ、ないらしいですよ」

ぼくがありのままの説明を紗都子《さとこ》さんにしている間、電話の向こうで紗都子《さとこ》さんは、とうとう、すんすんと泣き出していた。けれど、それがぼくにはバレていないと思っているような気丈《きじょう》な声で、紗都子《さとこ》さんはぼくに言った。

「キートくん。今から会えない？　志真人《しまと》くんのスマホ、わたすから」

紗都子《さとこ》さんのその声は、まるでぼくに断られるかもしれないと、おびえているようだったので、ぼくはなんだかおかしくなって、ふふっと小さな笑い声をもらしてしまった。それをごまかすように、ぼくは力強く言った。

「はい」

ぼくはそのために、紗都子《さとこ》さんに連絡《れんらく》をしたのだ。

ぼくが断るはず、なかった。

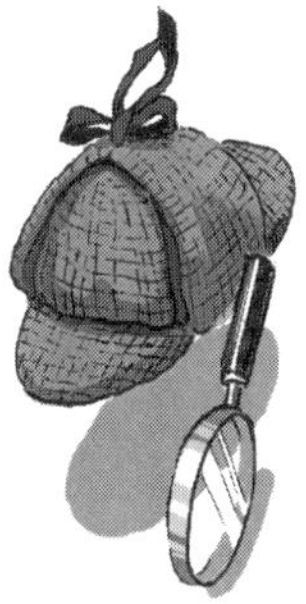

16

ぼくの方から紗都子《さとこ》さんに会いに行くと提案したけれど、紗都子《さとこ》さんは、自分が行くと、頑《がん》としてゆずらず、結果、今度はぼくの家のいちばん近くにある、この間と同じチェーンのカフェで待ち合わせとなった。

そのため、もちろんぼくの方が早くに店につき、ぼくは初めてそのカフェで、自分で注文をした。この前と同じカフェラテを頼《たの》めば、呪文《じゅもん》のような難《むずか》しいメニュー名を唱えなくてすむだろうと思いきや、そのシンプルな注文すら、サイズや温度について、先方から質問があり、ぼくは、世の中にシンプルなものなどなにもないことを思い知る。

そして、自分が正しい席を選べているかどうか不安になりながら、空いていた二人用のテーブル席に腰《こし》をすえ、そのまま、誰《だれ》もすわっていない目の前の席を、ただぼうっと見つめて、ぼくは紗都子《さとこ》さんを待った。

それは、あまり心地のよい時間ではなかった。

店員やほかの客に、一人なのに二人席を占有《せんゆう》している迷惑《めいわく》な客だと思われているんじゃないか。中学生がこんな場所にいるなんて生意気だと、誰《だれ》かが急につっかかってきやしないか。誰《だれ》を待っているのか勝手に想像されて、見ず知らずの人間の頭の中でまったく本意でない物語の登場人物に仕立て上げられているのではないか。こんな自意識過剰《かじょう》な頭の中を、どこかで超能力者《ちょうのうりょくしゃ》にすべて読まれているのではないか。紗都子《さとこ》さんを待っている間、ぼくはそんな、とてもたくさんのことが気になった。

そしてそれ以上に、ぼくはひどく緊張《きんちょう》していた。本当ならば、紗都子《さとこ》さんとの約束など、ぜんぶなかったことにして、家に帰ってしまいたかった。なにしろ、紗都子《さとこ》さんが来たら、ぼくはもう逃《に》げることができなくなる。紗都子《さとこ》さんと、向き合わなければならなくなって、紗都子《さとこ》さんとの会話の内容次第で、ぼくはとても大切なものを失うかもしれなかった。

でも、たぶん、それでいいのだ。

スマホをさがしに、おじさんとおばさんのところへ行くと決めたときといっしょだ。失うものがあることを知りながら、それでも選ぶ。

きっとそれが、なにかを大切にするということなのだろう。

だからぼくは、初めて感じる種類の緊張《きんちょう》で、ぼくの体が限界までふくらんではじけとびそうになっても、この場から逃《に》げ出しはしなかった。

そしてだからこそ、紗都子《さとこ》さんが思ったよりも早く、

「キートくん！」

と、店内にかけこんできてくれたときは、ほっとした。そわそわとした気持ちから解放されたことに安堵《あんど》して、もう逃《に》げることはできないというあきらめで、肝《きも》がすわった。

紗都子《さとこ》さんの方も、ほっとした顔をしていた。

「キートくん。よかった。いてくれて」

待ち合わせをしたのだから、ぼくがいることは当然だというのに、紗都子《さとこ》さんは肩《かた》で息をしながら、心底安心したようなため息とともにそう言って、ぼくの前の空席に荷物をおろす。そして、そのまま、

「注文してくるね。待っててね」

と、すぐに注文カウンターへと身をひるがえした。

それでぼくは、目の前におかれた、紗都子《さとこ》さんのくたっとしたリュックを見つめる。

この中に、志真人《しまと》のスマホが入っているのだろうか。

今、紗都子《さとこ》さんがわざわざ「待っててね」と言ったのは、このリュックを引ったくって逃《に》げろ、という真逆の行動へのフリだろうか。そうしてもいいかもしれないとも思ったけれど、今日のぼくの目的にはそぐわなかったので、しなかった。

すると紗都子《さとこ》さんは、思ったよりも早く、ぼくの前に舞《ま》い戻《もど》ってくる。

紗都子《さとこ》さんは、ブラックのアイスコーヒーを持っていて、

「走ってきたから、あっつい」

と言いながら、席につく。しかし、アイスコーヒーを頼《たの》んだ本当の理由は、それがいちばん早く手に入れられる商品だったからなのだろう。その証拠《しょうこ》に、すわるなり、グラスを口に運んだ紗都子《さとこ》さんは、その黒い液体を口にふくんだ瞬間《しゅんかん》、少しだけ顔をしかめた。

交換《こうかん》しましょうか、と、ぼくは一瞬《いっしゅん》、目の前のカフェラテを差し出そうかと思ったけれど、すでに口をつけたあとだったので、それはできなかった。

志真人《しまと》なら、できたのだろうか。

志真人《しまと》となら、できたのだろうか。

と、ぼくがぼんやりとしていると、紗都子《さとこ》さんが口火を切った。

「えっと、それで私《わたし》、なにしにきたんだっけ」

紗都子《さとこ》さんは、ふうっと息をついて、あいまいな笑みを浮《う》かべながら、ぼくを見やる。わかっているはずであるのに、とぼけた質問をしたのはわざとだろう。その視線《しせん》は、天然を装《よそお》いながらも、ぼくの内面をしっかりと探《さぐ》ろうとしているように見えた。

それでぼくは、とてもシンプルな返事をする。

「志真人《しまと》のスマホを、返しにきたのかと」

すると紗都子《さとこ》さんは、ぼくの答えに一瞬《いっしゅん》、息を止め、すぐにその息をはききった。

そして、観念したように、ひざの上においていたリュックのジッパーに手をのばす。

しかし、その手は途中《とちゅう》でぴたりと止まり、紗都子《さとこ》さんはぼくをじっと見つめた。

先ほどぼくが注文したこのカフェラテが証明したとおり、どうやらこの世の中に、シンプルなものなど、ただのひとつもないらしい。紗都子《さとこ》さんは結局、リュックから志真人《しまと》のスマホを取り出すことはせず、ぼくにたずねた。

「志真人《しまと》くんのスマホ、本当に、いる？」

確かめる、というよりは、どこか挑《いど》むような口調だった。

それでぼくも、紗都子《さとこ》さんに挑《いど》みかえす。

「……その心は？」

その返しで、ぼくが一筋縄《ひとすじなわ》ではいかないということを悟《さと》ったのか、紗都子《さとこ》さんは、今度はおそるおそる、次の一手を口にする。

「や、スマホは口実で、本当は私《わたし》に聞きたいことがあって呼《よ》び出したのかなと」

それでぼくはうなずき、それから首を横にふった。

「半分正解、半分不正解です」

紗都子《さとこ》さんのまゆが、ぎゅっとよせられ、いぶかしげな表情となる。

「その心は？」

だからぼくは、言ってやった。

「やっぱり、ちゃんと目を覚ますには、スマホのアラームのスヌーズ機能が便利だなと思って」

「……え、ごめん、キートくんの心、複雑すぎてまったくわかんないんだけど」

「紗都子《さとこ》さんの行動の方が意味不明ですよ。複雑なのかどうかすらわからない」

少しも表情を変えずに、ぴしゃっと言ってのけたぼくに、紗都子《さとこ》さんは一瞬《いっしゅん》目を見ひらき、それからゆっくりと、その瞳《ひとみ》の色を、逃亡《とうぼう》をあきらめた犯人のように暗く、軽くする。

この席についてからずっと、ぼくに対してどうふるまうべきか決めかねていたようすの紗《さ》都子《とこ》さんは、そこでとうとう、自分の立場を受け入れた。そして、先ほどからかぶっていた猫《ねこ》のような、保護者のような声を、自分の言葉からそっとはぎとると、つきものが落ちたかのように、ワントーン落ちついた声で話し出す。

「そう、だよね。どっちにしろ、キートくんにはちゃんと話さなきゃだよね。えっと、結《けっ》婚《こん》のことは？　志真人《しまと》くんのご両親に聞いたの？」

ぼくは、うなずく。

「はい。きのう。志真人《しまと》のアカウントの乗っ取り犯をさがすには、志真人《しまと》のスマホが手がかりになると思って、おじさんとおばさんのところへ行ったら、おじさんの口からまさかの紗都子《さとこ》さんの名前が出て、結婚《けっこん》っていうか、婚姻《こんいん》関係を結んだってことも聞きました」

すると紗都子《さとこ》さんは、ぼくのその言葉にとても納得《なっとく》したようにうなずきかえす。

「うん、そう。結婚《けっこん》っていうか、婚姻《こんいん》。それ、すごく正しい表現。あのね、私《わたし》、戸籍《こせき》目当てで、志真人《しまと》くんにプロポーズしたの」

紗都子《さとこ》さんは、お金目当てで富豪《ふごう》と結婚《けっこん》した悪女を演じているかのような口調でそう言いながらも、大真面目な顔をしている。

それでぼくは、その言葉をくりかえした。

「戸籍《こせき》、目当て」

それは、初めて耳にする単語のコラボだった。

「うん。私《わたし》ね、実家、結構遠いところにあるんだけど、その実家が結構、ファンキーで」

「実家が、結構、ファンキー」

今度の単語のコラボレーションもまた、ぼくにとっては新鮮《しんせん》だった。

でも、紗都子《さとこ》さんにとっては、日常だったのだろう。紗都子《さとこ》さんは、その自らが慣れ親しんだ昔話を、読み聞かせには速すぎるスピードで、さっさと処理《しょり》しようとした。

「そう。私《わたし》、そのファンキーな実家のひとりっ子で、小さいころはそのファンキーさに気づいてなかったんだけど、大学で上京して、まわりとくらべて、うちのファンキーレベルが、人んちより、ちょっとななめ上につき出てるって初めて知って、それで父親と母親と同じ戸籍《こせき》にいるのがどうしても嫌《いや》になったの。そしたら志真人《しまと》くんが、じゃあ、俺《おれ》と結婚《けっこん》すればって言ってくれて、それで結婚《けっこん》したんだ。結婚《けっこん》すれば、私《わたし》は両親の戸籍《こせき》から出て、新しい戸籍《こせき》に志真人《しまと》くんとふたりで入れるから」

と、そこまで一気に話し終えると、紗都子《さとこ》さんは、「以上です」という顔で、すんとしてアイスコーヒーをすする。

それで、今日は一日平然としていようと心に決めていたぼくも、さすがにつっこんだ。

「え、や、すみません。あらすじのファンキーレベルが高すぎて、ひとかけらも理解できなかったんですけど」

すると、紗都子《さとこ》さんは、今度はつんとして答える。

「いる？　理解」

「ええ、できれば」

ぼくの短い懇願《こんがん》に、紗都子《さとこ》さんは顔をしかめ、渋々《しぶしぶ》とあらすじの目をもう少し細かくして再スタートする。

「両親のファンキーポイントは、いろいろあるんだけど、例えば私《わたし》の名前。私《わたし》、本当は『サトシ』っていう名前になるはずだったんだけど、生まれたとき、病院とかで、本当に読み方、それでいいんですかって、手続きのたびに確認《かくにん》された両親が、毎回確認《かくにん》されるのは面《めん》倒《どう》だって思って、サトコになったの」

それでぼくは、目をしばたたかせる。

確かに、「子」という字は、「コ」とも「シ」とも読むことができ、その音次第で、名前の印象は大きく変わる。サトシもサトコもよい名前だが、確かに今の紗都子《さとこ》さんを見るかぎり、紗都子《さとこ》さんにはサトコの音の方が合っているなと思った。

すると、そのサト「コ」さんは続ける。

「もともとサトシにしようとしてたのも、母親が妊娠《にんしん》中、おなかの子どものことを男の子って思いこんだからで、それで父親が、あだ名感覚で、アニメのキャラクターからとったサトシって名前で、おなかに向かって話しかけはじめたのがきっかけなの。で、それが定着したところで私《わたし》が生まれたもんだから、ふたりともびっくり。もちろん、出産前に医者に性別を聞かなかったっていう選択《せんたく》も、女の子でもサトシっていう名前にしようっていう選《せん》択《たく》も、子どもの未来を思ってであれば、それは個人の自由だし、かまわないと思う。でも、うちの両親はただ、自分たちのノリと利便性を追求しただけだった。もうサトシでなじんじゃってるから、とりあえず漢字だけいい感じにととのえて、音はサトシでいいか、みたいな。思想とかそういう深さもなくて、自分たちがよければそれでいいっていう、そういうところがある両親だったの」

紗都子《さとこ》さんが、ふっ、と他人事のように息をついて笑ったので、ぼくは改めて、名前が誰《だれ》のものであるのかについて、ふと考える。

名を持つ本人のものなのか、名付けた人のものなのか、その名を呼《よ》ぶ人のものなのか。

ぼくも、自分の名前については、音ののばし方もふくめ、一癖二癖《ひとくせふたくせ》かかえている身だったため、紗都子《さとこ》さんの話を他人事だとは思えなかった。

と、ぼくのそんな思いを知ってか知らずか、紗都子《さとこ》さんは話を続ける。

「私《わたし》の両親は、互《たが》いのことはびっくりするほど思い合ってて、大切にし合ってたんだけど、それ以外のことには本当に無頓着《むとんちゃく》な人たちだった。私《わたし》は幸い、ネグレクトとか暴力とか、そういう行為《こうい》の対象にはならなかったし、極限の飢《う》えも知らずに高校まで行かせてもらって、大学も、奨学金《しょうがくきん》を使いながらだけど、こうして行けるだけの環境《かんきょう》を与《あた》えてもらえた。それは、すなおに感謝すべきだと思う。でもその過程で、今思うと私《わたし》はずっと、あの家で仲間はずれだった。父親が知り合いから映画《えいが》のチケットを二枚《まい》もらってきたら、当然行くのは両親で、私《わたし》は留守番。夕飯、なにが食べたいか、聞かれたことなんてなくて、母親が作るときは父親の好物、父親が作るときは母親の好物。私《わたし》の誕生日《たんじょうび》すら、父親が手間とお金をかけるのは、母親への『母親になって何周年おめでとう』のプレゼントで、私《わたし》には毎年、おんなじ図書カードだった。昔からしょっちゅう、ふたりで、老後はどこで暮《く》らそうか、なんなら家を売って、ずっと船に乗って旅をしようかって楽しそうに話してて、ふたりが話す未来に私《わたし》がいたことは一度もない」

ぼくは、紗都子《さとこ》さんのその話をどう理解すべきなのか悩《なや》み、結果、無表情になる。

同情を最深レベルまで満たせるほど、紗都子《さとこ》さんは不幸ではないように思えたし、かと言って、紗都子《さとこ》さんの話から、幸せに羽が生えて飛びまわっている絵を思い浮《う》かべることもできなかった。

もしかすると世の中には、そんな、同情レベルが測りにくい家庭がたくさんあるのかもしれず、むしろほとんどがそうなのかもしれない。その家庭を、その家庭の子として生きる子どもはその家庭の子どもだけで、きょうだいがいたところで、まったく同じ境遇《きょうぐう》を分かち合えるわけではない。家庭というブラックボックスは、人間がそれぞれかかえているもので、そのブラックボックスこそが、人の魅力《みりょく》と危険《きけん》の両方を作り出しているのかもしれなかった。

もちろん、虐待《ぎゃくたい》などを防ぐため、すべてのブラックボックスをブラックのまま放置してよいわけではないはずだったが、少なくとも紗都子《さとこ》さんの場合は、これまで他人がその箱の色を、力ずくでぬりかえることはなかった。

だから紗都子《さとこ》さんはその箱を、自分で解体したのだろうか。

そんなぼくの疑問《ぎもん》に対する答えを、紗都子《さとこ》さんはゆっくりと口にする。

「それまでも、自分の家庭のあり方について、ちょっと疑問《ぎもん》に思ったことはあったけど、私《わたし》、地元では読書と勉強ばっかりしてて、あんまり友だちいなくて。誰《だれ》かと家庭の話みたいな、深い話をすることなんてなかったの。でも大学に入ってすぐのころ、まわりのキラキラした同級生たちの自己紹介《じこしょうかい》聞いてたら、あれ？　もしかして、『家族から一身に愛を受ける』って、この子たちみたいな育ち方をすることなのかなって思った。少なくとも、私《わたし》が知り合った子の中に、家庭で仲間はずれにされている人は、去年の四月の入学当初の段階《だんかい》ではいなかった」

入学当初の段階《だんかい》では。紗都子《さとこ》さんがあえて、そういう言い方をしたのは、当時はまぶしく見えたその同級生たちの光の一部が、実は人工的なものであったことをあとで知ったからなのかもしれない。

でも、紗都子《さとこ》さんが当時、そう思いこんでしまったこと自体は、ぼくも責められない。かくいうぼくも、先日志真人《しまと》のサークルの部室で、同じようなことをしている。知らない人たちにかこまれたあの一瞬《いっしゅん》、ぼくは島田《しまだ》タイシやユーシンたちは、それぞれ、足場のしっかりとした環境《かんきょう》で育ってきたのだろうと、勝手に生い立ちを想像し、わかった気になった。そのことを思うと、紗都子《さとこ》さんが入学当時に感じたというその妄信的《もうしんてき》な感覚は、紗都子《さとこ》さんだけが持つものではないのかもしれなかった。

ただ、そこから先は、紗都子《さとこ》さんのオリジナリティが爆発《ばくはつ》した。紗都子《さとこ》さんは、それでね、と別段《べつだん》特別なことを言い出す雰囲気《ふんいき》は出さずに、さらりと続きを口にした。

「そんなことを思ってた矢先に、たまたま授業で、戸籍《こせき》について習ったの。大学の大教室って、テレビとかで見たことあるかな？　階段《かいだん》式の席の、ホールみたいな教室で、二百人くらいが一気に、教授の話を聞く。そのときも、そういうタイプの授業だったんだけど、その授業でね、スクリーンに、どーんって、戸籍謄本《こせきとうほん》の見本が表示されて、そしたら、私《わたし》、自分でもびっくりしたんだけど、それを見た瞬間《しゅんかん》、吐《は》きそうになっちゃったんだ」

紗都子《さとこ》さんは、あっけらかんと言ってのける。

突然飛躍《とつぜんひやく》した話に、ぼくが首をかしげると、紗都子《さとこ》さんはつけ加えた。

「戸籍謄本《こせきとうほん》って、地域《ちいき》とか時代によって若干《じゃっかん》ちがうんだけど、どれも基本的には、家族の名前とそれぞれの関係が書いてある欄《らん》があって、要は四角がいっぱいくっついてるデザインの中に文字がたんたんとならんでるスタイルなのね？　で、そのときの私《わたし》には、その、箱がみっちりくっついてるデザインが間取りみたいに見えたの。で、『あ、なんか、これ、家みたいだな』って、そう思った。そう思った瞬間《しゅんかん》、自分の戸籍謄本《こせきとうほん》に、父親と母親と私《わたし》の名前が、おんなじようにならんでいるってことを、どうしても受け入れられなくなったの。私《わたし》は、あんなにきっちりとした線の中に同じ大きさと同じフォントで、収《おさ》めてもらえてはいなかった。私《わたし》はこれまでずっと、あの線の外にいたはずだって、私《わたし》の体の中のどこかが猛烈《もうれつ》に訴《うった》えて……」

そのときの感覚をまざまざと思い出したのか、紗都子《さとこ》さんが胸《むね》のあたりをさする。

吐《は》き気が、フラッシュバックしたのだろうか。

ぼくには、紗都子《さとこ》さんのその感覚がちっともわからなかったけれど、紗都子《さとこ》さんが当時、その、独特かつ強烈《きょうれつ》な感覚をいだいてしまった理由には、なんとなく合点がいった。つい先ほど紗都子《さとこ》さんが口にしたとおり、紗都子《さとこ》さんには元々《もともと》、名づけにまつわる因縁《いんねん》がある。それが、紗都子《さとこ》さんのその反応につながったのだろう。

紗都子《さとこ》さんやぼくが生まれたころはまだ、出生届《しゅっせいとどけ》によみがなをつけることは義務化されていなかった。ぼくが生まれた際も、役所には、名前の漢字だけを届《とど》け出ればよく、保険証や病院の診察券《しんさつけん》などを申請《しんせい》する手続きの中で、初めてよみがなを求められた、と、昔、ぼくも母親から聞いたことがある。つまり当時、紗都子《さとこ》さんの戸籍《こせき》には「サトコ」というよみがなは記載《きさい》されておらず、人によっては「サトシ」と読める漢字のみが登録されていたはずだ。そのことが、紗都子《さとこ》さんの中でなにかの引き金を引いてしまった。と、そういうことだったのかもしれない。

と、ぼくがそんな推理《すいり》をしているうちに、紗都子《さとこ》さんは、無事、自力で「思い出し吐《は》き気」をおさめ終え、自嘲《じちょう》気味に笑った。

「戸籍謄本《こせきとうほん》なんて、たかが紙切れって、わかってはいたんだけど、一度気になったら、頭からそのイメージが離《はな》れなくて。その日は、家に帰ってからも、ずっと気持ち悪くてどうしようもなかった。で、そんなときに、クラスの飲み会があってね、私《わたし》、たまたま志真人《しまと》くんのとなりの席になったの。それで、志真人《しまと》くんとふたりで話す機会があって……。当時は、まだお酒が飲める年じゃなかったから私《わたし》は飲んでなくて、志真人《しまと》君も飲んでなかったはずなんだけど、でも志真人《しまと》くんって、ふだんからハイテンションでしょ？　それでなんか、その雰囲気《ふんいき》におされて、私《わたし》、そのとき、志真人《しまと》くんに今の戸籍《こせき》うんぬんの話、ぽろっとしちゃったんだ。ほぼ初対面の志真人《しまと》くんに、なぜか。本当、なんでだったんだろう。たぶん、志真人《しまと》くんがすごく個性的で感性豊かな感じがしたから、自分もこんな変わったエピソードを持ってて繊細《せんさい》なんだぞって、対抗《たいこう》したくなっちゃったのかな」

首に手をやりながら、そう言って息をついた紗都子《さとこ》さんの気持ちが、ぼくにはとてもよくわかった。ぼくは生まれてこのかたずっと、志真人《しまと》と同じ土俵《どひょう》には立たないという道を選んできたが、紗都子《さとこ》さんは志真人《しまと》と接触《せっしょく》したその瞬間《しゅんかん》に、そちらに舵《かじ》を切ったのか。

そして紗都子《さとこ》さんはそのまま、紗都子《さとこ》さんが当時切ったその舵《かじ》が、その後、話をどの方向に進めたのか、最後まで教えてくれた。

「でも、やっぱり志真人《しまと》くんの方がうわてだったな。ほら、志真人《しまと》くんって、どんな話でも、おもしろいおもしろいって、前のめりで聞ける人でしょ？　そのときも私《わたし》の話を、紙芝居《しばい》に夢中になってる子どもみたいな目で聞いて、それから言ったの。『え、じゃ、結婚《けっこん》すれば？　結婚《けっこん》すれば、新しい戸籍《こせき》が作られて、夫婦でそこに入ることになるって、授業で言ってたじゃん。そしたら、今の戸籍《こせき》から出られんじゃん！』って」

ぼくはその志真人《しまと》の声のトーンや、目の輝《かがや》きを、とてもリアルに想像することができた。確かに、志真人《しまと》はそういう人間だった。

紗都子《さとこ》さんはさらに、当時の志真人《しまと》をよみがえらせるように続ける。

「志真人《しまと》くん、ああいうサークル活動してたこともあって、問題解決のプランとか考えるの、好きじゃない？　だからそのときも、私《わたし》の人生の戦略をいっしょに考えようとしてくれてたんだと思う。だから私《わたし》が、『そんな相手なんていないし、この先、できる気もしない』って言ったとき、『じゃあ、俺《おれ》と結婚《けっこん》すれば？』って言ってくれたのも、シンプルに、それがいちばんかんたんな解決方法だって思ったからなんじゃないかな」

俺《おれ》と結婚《けっこん》すれば？

その声は、ぼくの中でうまく再生されなかった。

なんでやねん、と、心のうちでつっこむことしかできなかった。

当時の紗都子《さとこ》さんも、同じだったのかもしれない。

紗都子《さとこ》さんは笑いながら、その先の話を口にした。

「でも、ひどい話なんだけど、私《わたし》、そのときは、志真人《しまと》くんのその言葉、ナンパかと思って適当にごまかして流しちゃったんだ。けど、そのあと家に帰って、寝《ね》て、起きても、志《し》真人《まと》くんの提案が頭から離《はな》れなくて、それで結局、いろいろ自分でも調べてから、志真人《しまと》くんに連絡《れんらく》したの。ダメ元だけど、あの話、本当にお願いできるかって」

紗都子《さとこ》さんは、口元に笑みを残したまま、少し気まずそうに視線《しせん》を下げる。

「本当は、分籍届《ぶんせきとどけ》っていうのを出せば、成人なら自分だけの戸籍《こせき》を持てるんだけど、それだけだと名字はそのままになる。でも結婚《けっこん》すれば、離婚《りこん》しても、結婚時《けっこんじ》の名字を選んで、新しい戸籍《こせき》で自分ひとりで生きることができるの。だから私《わたし》は、分籍《ぶんせき》だけするよりも、両親とちがう名前になれる結婚《けっこん》もしたかった。ただもちろん、そんなことをすれば、志真人《しまと》くんの戸籍《こせき》もふりまわすことになる。だから私《わたし》、そのとき志真人《しまと》くんに伝えたの。『私《わたし》は親に言わないで、ことを進めるけど、志真人《しまと》くんは、ご家族の許可が必要だと思うし、ダメならもちろん断っていい。あと、すぐには無理でも、ゆくゆくは、このことに対して志《し》真人《まと》くんに、まとまった額のお金もきちんと支払《しはら》うつもりで、契約書《けいやくしょ》も書くから』って。飲み会のノリで言った冗談《じょうだん》を、頭のおかしいクラスメートに真に受けられたって、みんなに言いふらされる覚悟《かくご》で、ね。でも、志真人《しまと》くんからはすぐ返事が来て……。『おっけ！確認《かくにん》してみる！』って、まるで来月のスケジュールでも聞かれたのかなってくらいの軽さで、オッケーされちゃった。で、話はあっという間に進んで、入学してすぐの四月の末に、婚姻届《こんいんとどけ》を出したの」

そのときのことを思い出したのか、紗都子《さとこ》さんはくすりと笑う。

そして、その笑顔を、そのままぼくに向けた。

「馬鹿みたいでしょ。戸籍《こせき》からぬけて名字を変えたところで、あの人たちが私《わたし》の両親であることに変わりはないのに、たった一度、授業で勝手に思い浮《う》かべちゃった戸籍《こせき》のイメージに呪《のろ》われて、藁《わら》にもすがる思いで、同級生にプロポーズ。でも、どんなに人からおかしいって言われても、あのときの私《わたし》にはそれが必要で、それを引き受けてくれた志真人《しまと》くんは、私《わたし》にとって救世主だった。こういう理由でね、私《わたし》は志真人《しまと》くんと結婚《けっこん》したの」

おじさんといい、紗都子《さとこ》さんといい、どうして志真人《しまと》の話をするとみんな、自分を馬鹿だと言うのだろう。志真人《しまと》とともにある思い出が、あまりに奇特《きとく》で処理《しょり》しきれないから、自分を下げるしかないのだろうか。志真人《しまと》なら今でも、どの話も得意げに、武勇伝として話しそうな気がするというのに。

しかし、最初のなげやりなあらすじよりもだいぶ解像度が上がった説明を受けて、ぼくはようやく、いくつかの点には納得《なっとく》しながら、口をひらく。

「でも、結局、すぐに離婚《りこん》はしなかったんですか？」

「うん。あまりにすぐに離婚《りこん》すると、役所に偽装結婚《ぎそうけっこん》を疑《うたが》われる……って、実際、偽装《ぎそう》なんだけど、いろいろ怪《あや》しまれてつっこまれるかもしれないと思ったし、志真人《しまと》くんのご両親の意向もあって。こっちはお願いしている立場だったから、もちろん、志真人《しまと》くんたちの希望が最優先《さいゆうせん》だった。でも、そうこうしているうちに志真人《しまと》くんは……」

紗都子《さとこ》さんは、言葉をにごして目をふせる。

しかしすぐにその言葉を、あわてて回収《かいしゅう》した。

今日、その言葉だけはにごしてはならなかったのだと、急に思い出したかのように、紗《さ》都子《とこ》さんはしっかりとぼくを見つめると、その言葉を口にすることに使命感を持っているかのような面持ちで、言った。

「志真人《しまと》くんは、死んじゃったの」

と、紗都子《さとこ》さんは言った。

言ってから、紗都子《さとこ》さんはさらにぼくを、じっと見た。動脈も静脈も、すみずみまで観察しようとしているかのように、ぼくをじっと、見すえた。

そんな紗都子《さとこ》さんの言葉に、ぼくは、こくりとうなずく。

すると、紗都子《さとこ》さんの顔はゆがんだ。

「わかってる、のね？」

と、紗都子《さとこ》さんはゆっくりと、ぼくの答えを確かめた。

それでぼくは、もう一度、同じ速さでうなずく。

その動きを確認《かくにん》して紗都子《さとこ》さんは、今度は泣きそうな顔になった。

「でも、キートくんは、志真人《しまと》くんのスマホがほしいの？　志真人《しまと》くんに明日会って、返すために？　墓前におきたいとかじゃなくて、本人に会うの？」

紗都子《さとこ》さんの問いかけはどれもまるで、ぼくに首を横にふってほしいと、訴《うった》えているかのようだった。それをわかってはいたけれど、それでもぼくは、うなずき続ける。紗都子《さとこ》さんに流されなんて、してやらなかった。

それどころかぼくは、ぼくに同情の視線《しせん》を向けてくる紗都子《さとこ》さんに、たずねかえす。

「志真人《しまと》のアカウントを使ってたのは、紗都子《さとこ》さんなんですか」

それは、ここまでどちらも口にしてこなかった核心《かくしん》で、ぼくのその急な攻撃《こうげき》に、紗都子《さとこ》さんは虚《きょ》をつかれたように、一瞬《いっしゅん》、びくりとした。しかし、ある程度の覚悟《かくご》はすでに決めてきていたようで、少しの間のあと、うなずく。

「婚姻届《こんいんとどけ》出した帰り道にね、志真人《しまと》くんが、スマホのパスコード、教えてくれたの。夫婦だから、隠《かく》しごとはなしにしようなんて言って笑いながら……」

紗都子《さとこ》さんは当時のことを、空の色や気温、雑音のすみずみまでを思い出そうとしているかのような表情で白状する。

「形式上の結婚《けっこん》なのに、そんな大事なこと伝えるなんてってびっくりしたけど、たぶん、婚姻届《こんいんとどけ》を出す手続きをしている間、私《わたし》がずっと申しわけなさそうにしてたから、志真人《しまと》くん、冗談《じょうだん》で気をまぎらわせようとしてくれたんだろうって、そのときは思った。もちろん、私《わたし》は志真人《しまと》くんの彼女《かのじょ》でもなんでもなかったから、だからってそのあと、志真人《しまと》くんのスマホを盗《ぬす》み見ようなんて、そのときは思いもしなかったし、そもそも志真人《しまと》くんのスマホをさわれる状況《じょうきょう》になんて一度もならなかった。だから本当は、あのとき言われたパスコード、すぐ忘《わす》れちゃってもおかしくなかったんだけど、でも、おぼえててよかった」
ふわり、と、紗都子《さとこ》さんはまるで、本心でそう思っているかのようにほほえむ。

「志真人《しまと》くんの訃報《ふほう》を、志真人《しまと》くんのお父さんから聞いて、お葬式《そうしき》の日程とかを誰《だれ》にどう知らせるべきか相談されたとき、私《わたし》、あのとき、志真人《しまと》くんが言ってたパスコード、ちゃんと思い出せたの。それで、志真人《しまと》くんのスマホのロックを解除《かいじょ》できた。クラスのグループトークには、私《わたし》から葬儀《そうぎ》の日時を送ることもできたけど、私《わたし》と志真人《しまと》くんの婚姻《こんいん》関係は誰《だれ》にも言ってなかったから、私《わたし》から連絡《れんらく》したら、なんで私《わたし》がっていうよけいな驚《おどろ》きで、志《し》真人《まと》くんの死がぼやけることになる。クラス以外の連絡先《れんらくさき》もわからなかったし、志真人《しまと》くんのスマホから、志真人《しまと》くんが最近、やりとりしてたグループに、『君島志真人《きみしましまと》の親族です』って名乗って、訃報《ふほう》と葬儀《そうぎ》の日時を送るのが最善《さいぜん》だと思った」

その流れの自然さは、ぼくにも理解できる。

問題は、そのあとだった。

ぼくはそのことを、臆《おく》することなく指摘《してき》する。

「でも、葬儀《そうぎ》が終わったあとも、紗都子《さとこ》さんはスマホをおじさんたちに返さなかった」

ぼくのその容赦《ようしゃ》のない追撃《ついげき》に紗都子《さとこ》さんは、まるでぼくにこう責められることを予想していたかのように、少しも動じず、不自然なほどの無表情でうなずく。

「……そう」

ぼくの問いかけに、紗都子《さとこ》さんはすぐには答えなかった。

「その、心は？」

ぼくが発した声のあとには、長い、長い間があった。

その間に、紗都子《さとこ》さんは何度か口をひらきかけ、ためらっては、閉《と》じた。

先ほど、自分の実家がファンキーであるという話をしたときよりも、志真人《しまと》に異常《いじょう》なプロポーズをしたと白状したときよりも、ずっと、ずっと打ち明けにくい事実を隠《かく》しているかのように、紗都子《さとこ》さんは何度も、何度も言葉を選びなおして、ついには両手で顔をおおうと、その指のすきまから、ささやくような声で、その答えを口にした。

「恋《こい》を、したから」

そう言って紗都子《さとこ》さんは、初恋《はつこい》にとまどう幼《おさな》い少女のように、恥《は》じらった。

ぼくはその言葉の意味も、恥《は》じらいの必要性の有無もわからず、ただ疑問《ぎもん》を口に出す。

「……誰《だれ》、に？」

ぎこちなくゆがんだぼくの声に、紗都子《さとこ》さんは顔をおおったまま、まるで常識を口にするように、するりと言った。

「志真人《しまと》くんに」

その瞬間《しゅんかん》、ぼくの中に、恥《は》じらいとはまったくちがう種類の赤い血が、ざわっと湧《わ》き上がった。嘘《うそ》だろう。頼《たの》むから嘘《うそ》だと言ってくれ、と、血がさわいだ。

しかしその血は、完全にぼくの頭にのぼりきる前に、一縷《いちる》の望みをかけて、ぼくの口に、時系列《じけいれつ》を確かめさせる。

「志真人《しまと》が、死んでから？」

馬鹿げた質問だと、口にした瞬間《しゅんかん》思った。でも、そんな馬鹿げた質問に、あろうことか紗都子《さとこ》さんは、いまだに顔を隠《かく》したまま、うなずく。

「なんで？」

説明を求めたぼくのその声が、紗都子《さとこ》さんを責めるような強さをおびてしまったのは、しかたがないことだと思った。ぼくの顔が引きつったのも、当然の権利《けんり》だと思った。

あんなに強烈《きょうれつ》に生きていた志真人《しまと》に、死んでから恋《こい》をした？

生きている最中にならまだしも、死んだあとに？

そんな、馬鹿な。

ぼくは、生きているときの志真人《しまと》を知っている。

小さいころから知っている。

ぼくはずっと、志真人《しまと》のあの、縦横無尽《じゅうおうむじん》に世界をかけまわる背中《せなか》を見て育った。

小さいころ、のぼれない場所があると、志真人《しまと》の手が、ぼくを引き上げた。

昔から、毎日学校へ行くだとか、嫌《きら》いなものを嫌《きら》いと言わないだとか、ほかの誰《だれ》もほめないようなぼくの小さな特徴《とくちょう》を、志真人《しまと》だけが、その手でぼくの頭をなでながら、「おまえ、すげぇな！」とほめたたえた。

あの背中《せなか》にも、手にも、あのマシンガントークの中にも、志真人《しまと》にはいつも体温があって、それが志真人《しまと》だったのだ。投稿《とうこう》だとかパワポだとか、スマホやパソコンの中に資料として残っているものなど、どんな偉業《いぎょう》であったとしても、心を寄せる対象ではない。それは、志真人《しまと》の真髄《しんずい》ではない。

なのに紗都子《さとこ》さんは、志真人《しまと》のいったいなにに、恋《こい》をしたというのだろうか。

ぼくには、どうにも納得《なっとく》がいかなかった。

すると、ぼくのそのあからさまな抗議《こうぎ》の声を受けて、逆に気持ちに芯《しん》が通ったのか、紗《さ》都子《とこ》さんは顔を上げる。

「最初は、ほかに葬儀《そうぎ》の連絡《れんらく》をすべき人がいるかどうかとか、死後のいろいろな手続きに必要な情報がほかにないかどうか調べるために、なんのうしろめたい気持ちもなく、志真《しま》人《と》くんのアプリを順に見てまわったの。なにかのＤＭだけでやりとりしてる人もいるかもしれないと思って。でも、その流れで志真人《しまと》くんのメモ帳アプリを見たら、その一番上に、ピン留めされてたメモがあって……」

紗都子《さとこ》さんは続けようとした言葉をそこで飲みこむと、意を決した顔になって、ずっとひざの上にのせていた自分のリュックから、とうとう、それを取り出す。

志真人《しまと》のスマホを、取り出した。

ケースも、当時の志真人《しまと》のもののまま。

画面の端《はし》に入ったかすかなヒビの位置も、変わっていない。

それはまぎれもなく、志真人《しまと》のスマホだった。

紗都子《さとこ》さんは、それをとても手慣れたようすで操作《そうさ》して、ぼくに差し出す。

「ニュアンスをまちがえたくないから、これはキートくんが、自分で読んで」

そう言って、紗都子《さとこ》さんはぼくに、それを見せた。

そのメモ帳のタイトルは、〈紗都子《さとこ》へ〉。紗都子《さとこ》へ、だった。

〈紗都子《さとこ》へ

見たな！

見たのかー。

ということは、あれか。俺《おれ》は死んだのか。

死んでないのに見てる可能性もあるけど、紗都子《さとこ》は見ないだろうな。

俺《おれ》を見るといつも、眼球がぜんぶ罪悪感になったみたいな目になるから、

スマホ勝手に見るなんて、罪悪感に魂《たましい》売りわたすみたいなこと、

紗都子《さとこ》は絶対、しない。

ちがってたら、俺《おれ》には人を見る目がないってことで、ちょっと出なおす。

ということで、ここからは、俺《おれ》が死んだ前提で書く。

俺《おれ》、たぶん、心臓《しんぞう》のやつで死んだんだろ？

俺《おれ》の心臓《しんぞう》の奇形《きけい》の話は、親父たちから聞いたかね。

ふつうは死なないのよ、ふつうの致死率《ちしりつ》では。

でも、俺《おれ》は紗都子《さとこ》も知ってのとおりの超人《ちょうじん》だから、心臓《しんぞう》の使い方もちょっと人とちげーので、ある日、ころっと逝《い》く可能性がある。

だから、スマホ持つようになってから、このメモ帳に毎年、遺書《いしょ》書いてんだけど、今回初めて、タイトル「遺書《いしょ》」じゃなくて「紗都子《さとこ》へ」にしたわ。

ありがとな。

実はさ、紗都子《さとこ》に結婚《けっこん》するアイディア話したの、最初はほんとにただ、紗都子《さとこ》が新しい戸籍《こせき》を得るための最適手段《しゅだん》として思いついたからだったんだけど、あとでふと、この結婚《けっこん》、俺《おれ》にもメリットあんじゃん！　って気づいて。

だから、婚姻届《こんいんとどけ》出した日、このスマホのパスコード伝えたんだわ。

あのとき、紗都子《さとこ》、なんでって顔してたけど、
悪い、あれ、ぜんぶ、これのため。

紙の遺書《いしょ》だと、紗都子《さとこ》に届《とど》かねーかもしんないけど、
このスマホのパスコード知ってるの、紗都子《さとこ》だけってなったら、
どっかできっと、このスマホ、紗都子《さとこ》に行くじゃん？

したら、これ、紗都子《さとこ》に読んでもらえて、俺《おれ》の野望を紗都子《さとこ》に託《たく》せる。

そういう作戦だったってわけ。
俺《おれ》の親だと、こんなん聞いてくれないだろうから。
や、っつっても、別に頼《たの》みたいことは、たいしたこっちゃないんだ。
俺《おれ》が死んだらさ、俺《おれ》が起業用に貯めてた金って、
法律上《ほうりつじょう》、紗都子《さとこ》に3分の2、俺《おれ》の親に3分の1いくじゃん？（法学部万歳《ばんざい》！）
紗都子《さとこ》はたぶん、いらんって放棄《ほうき》するだろうけどさ、
元々《もともと》大した額でもないから、いろんな手間賃《てまちん》として受け取ってくんない？
で、こっからが本題で、悪いんだけどさ、
その中から、俺《おれ》のいとこのキートってやつに、
俺《おれ》が死んでから一年間、俺《おれ》の名前で毎月一万円、ふりこんでほしいんだわ。
7つ下のかわいいいとこでさ。
昔から、俺《おれ》に超絶憧《ちょうぜつあこが》れて、実の兄弟みたいに育ってきたのに、
かわいそーに、俺《おれ》が死んでもあいつに俺《おれ》の財産の権利《けんり》は一円もないらしい。
ほんと、家族とか親族とか戸籍《こせき》とか血縁《けつえん》とかって、なんなんだろうな。
ま、いいや。

で、そのキートが、俺《おれ》とちがって超絶《ちょうぜつ》真面目なシャイボーイでさ。
悩《なや》みとかもすぐためこむし、ふつうであることにこだわって自分おさえこむしで、
どうにもこう、危《あぶ》なっかしくて、
ちょっとしたことで、ポキンって折れそうなとこが昔からあんのね？
や、キートももう四月には中二で、最近じゃすっかり大人ぶってんだけど、
中身はまだまだてんで子どもで、変化にすげー弱いから、俺《おれ》が死んだら、
そのこと、しばらく受け入れられないんじゃないかって心配なわけ。
だから、俺《おれ》が死んでから一年くらいさ、キートに俺《おれ》からこの泡銭《あぶくぜに》をやって、
キートがそれを好きなことに使ってさ、ストレス的なものを発散させて？
こう、ゆるやかにでも立ち直ってくれたらいいなって思うわけ。
や、どんだけ、いとこのこと語んだよって、紗都子《さとこ》、今、引いてるっしょ。
俺《おれ》も引いてる。
でもこれ、実はキートのためっていうか、正直、自分のためなんだわ。
紗都子《さとこ》がこれを読むころ、紗都子《さとこ》が俺《おれ》のこと、どのくらい知ってるか知らんし、
親父たちがどう話すかもわかんないけど、

俺《おれ》、昔からとにかく落ちつかないとこあって、
超人《ちょうじん》がゆえに、自分でも自分をどうにも制御《せいぎょ》できないときがあってさ、
自分がわかんなくなるときが、今も、結構あんの。
で、俺《おれ》、そういうときは、決まってキートに会いに行ってて、
キートとどうでもいい話をすることで、自分を取《と》り戻《もど》してんだ。
超人《ちょうじん》の自分、キートの憧《あこが》れの自分を、キートと話すことでメンテしてる。
つまり俺《おれ》、キートの前にいる自分が、いちばん好きなのよ。
だから、キートには感謝してるし、
死んでも、キートにはずっと、いい顔してたい。
だからさ、紗都子《さとこ》、頼《たの》むな！
ほかの金は、紗都子《さとこ》の好きにしていいから。
じゃ、そういうことで、よろしく！〉

そのあとには、今年の元日《がんじつ》の日付と志真人《しまと》の名前があり、最後の一行には、ぼくの口座《こうざ》情報が勝手に載《の》せられている。その、最後の一文字まで読んで、ぼくはやっと顔を上げた。

すぐに、紗都子《さとこ》さんと目が合う。

紗都子《さとこ》さんは、ぼくがこれを読んでいる間、ずっとぼくを見ていたのだろうか。

湧《わ》き上がった羞恥心《しゅうちしん》をかき消すように、ぼくは紗都子《さとこ》さんにたずねた。

「……じゃあ、あの一万円は、紗都子《さとこ》さんが？」

「そう。もちろん、私《わたし》は志真人《しまと》くんの遺産《いさん》は放棄《ほうき》したけど、そのことを伝えたとき、志真《しま》人《と》くんのご両親が、私《わたし》にいろいろな手間賃《てまちん》として、お金を少し包んでくれて。断ろうと思ったんだけど、志真人《しまと》くんのこの遺志《いし》は継《つ》ぎたくて、ありがたく受け取った。手続きとか大学のテストとかもあったし、自分の気持ちの整理もしたくて、志真人《しまと》くんの四十九日《しじゅうくにち》が終わった、八月からの振《ふ》り込《こ》みになっちゃって申しわけなかったんだけど……」

八月からの振《ふ》り込《こ》み。

そう、最初の振《ふ》り込《こ》みは、志真人《しまと》にたまねぎを届《とど》ける前に、すでにしてあった。

どうりで、前払《まえばら》いだったわけだ。

ぼくは、体から力がぬけて、息をつく。

すると紗都子《さとこ》さんは、ぼくのその息をどう受け取ったのか、あわてて口をひらいた。

「ごめん、さっきの質問の答えになってないね。あの一万円の振《ふ》り込《こ》みと、私《わたし》が志真人《しまと》くんのスマホを返さなかったことは、関係ないの。あの振《ふ》り込《こ》みは、私《わたし》が私《わたし》の口座から、振《ふり》込人《こみにん》の名前を、志真人《しまと》くんの名前に変えて送金しただけで、志真人《しまと》くんのスマホがなくてもできたことだった。ただね、この志真人《しまと》くんからのメッセージを読んで、志真人《しまと》くんが、親しくもない同級生からのプロポーズを受けた本当の理由がわかって、私《わたし》、そこまでいとこのことを思える志真人《しまと》くんに急に興味がわいたの」

紗都子《さとこ》さんは、あせったように続ける。

「今さらって思うよね。でも、志真人《しまと》くんが生きているときは私《わたし》、自分の勝手な事情に志《し》真人《まと》くんを巻《ま》きこんだ罪悪感で、志真人《しまと》くんとはあんまり話せなくて、志真人《しまと》くんがどういう人なのか、積極的に考えることを避《さ》けてたの。でも、こういうことになって、志真人《しまと》くんの本音の言葉を、私《わたし》だけが知るっていう状況《じょうきょう》になって、志真人《しまと》くんのことを、すごく知りたくなった」

本当に勝手な人だな、と、ぼくは紗都子《さとこ》さんの言いわけを聞きながら、またふつふつと不満をつのらせた。紗都子《さとこ》さんはずっと、自分のタイミングでしか、志真人《しまと》と関わろうとしない。志真人《しまと》をまるで、自分の都合に合わせて自由にひらける本のようにでも思っているのだろうか。

しかし紗都子《さとこ》さんは、きっと今も、そのことに無自覚なのだろう。紗都子《さとこ》さんは生き生きと、まるで魅力的《みりょくてき》な話をプレゼンしているかのように目に光を灯したまま、話を続けた。

「それで、私《わたし》、SNSの投稿《とうこう》とか、写真とかメモとか、スマホに残ってる志真人《しまと》くんをぜんぶ見て、読んだの。たくさんあったから、何日もかけて、休みの日は、昼も夜も読んだ。SNSのアプリには、悩《なや》んだすえに投稿《とうこう》しなかったのかなっていう下書きも残ってて、その、誰《だれ》にも伝えなかった志真人《しまと》くんの心の声とか、これは駄作《ださく》って思ったのかなっていう志真人《しまと》くんの失敗作とか、そういうものもぜんぶ読んで、それで……」

紗都子《さとこ》さんは、自分がとんでもないプライバシー侵害《しんがい》をしているということを意識していないかのような輝《かがや》く瞳《ひとみ》で、一度、言葉を切る。そして、ここではないどこかを見つめる、恋《こい》する瞳《ひとみ》で言った。

「ああ、これが、『人に一心に愛をそそげる人』か、って思ったの」

ぼくは紗都子《さとこ》さんの、その得体の知れないなにかに酔《よ》っているかのような声に、絶望に近い気持ちをおぼえて、目をつむる。そう、紗都子《さとこ》さんは、ちょっとしたきっかけでとんでもない行動力を発揮《はっき》する人だ。それは、志真人《しまと》たちの大学の近くのカフェで、初めて紗《さ》都子《とこ》さんに会ったときからわかっていたことで、今日のこれまでの話の中でも、紗都子《さとこ》さんのその性質は要所要所で発揮《はっき》されてきている。

そしてそんな紗都子《さとこ》さんはずっと、「一身に愛を受け、一心に愛をそそぐこと」に飢《う》えていた。だからこそ紗都子《さとこ》さんには、志真人《しまと》の遺書《いしょ》が、愛の究極形のように見えたのかもしれない。それが、紗都子《さとこ》さんを、死者のプライバシーという禁断の領域《りょういき》に踏《ふ》み入らせてしまった。

紗都子《さとこ》さんはすっかり自分の世界に入っているのか、そのまま、ぼくの表情を気にすることなく、口から勝手に出ていく自分の気持ちを、言葉で追いかけるように早口で続ける。

「そう思ったら、私《わたし》、どんどん、のめりこんでいった。志真人《しまと》くんはもういないのに、志《し》真人《まと》くんがいなくなって初めて、私《わたし》はこのスマホを通じて志真人《しまと》くんと出会って、志真人《しまと》くんに恋《こい》をして、志真人《しまと》くんがいないことに耐《た》えられなくなったの。でも、志真人《しまと》くんはもういないから、このスマホに入っている情報をぜんぶ読み終えてしまったら、もう新しい情報はもらえない。私《わたし》、どうしよう、って思った。で、せめて志真人《しまと》くんの知り合いの新しい情報を読もうと思って、志真人《しまと》くんのアカウントでひらいてたSNSを、ぼうっとスクロールしてたらね、ミスタッチで、ニュース記事の拡散《かくさん》ボタンを押しちゃって、私《わたし》、そのとき、すごくあせったんだけど……」

紗都子《さとこ》さんは先ほどから、読んだばかりのおもしろい本の話をしているかのように興奮《こうふん》している。

だからなのか紗都子《さとこ》さんは、少しの後悔《こうかい》もない、子どものように澄《す》んだ瞳《ひとみ》で言った。

「本当に、すごくあせったんだけど、同時に、ドキッともしたの。だって、ボタンを押《お》したら、ただの拡散《かくさん》だったけど、タイムラインに志真人《しまと》くんの名前で、新しい投稿《とうこう》が出た。私《わたし》、それを見て、志真人《しまと》くんが生きかえったみたいだって思ったの。スマホの中の志真人《しまと》くんは、ぜんぶ読んじゃったけど、こうやってちょっと投稿《とうこう》すれば、志真人《しまと》くんの情報はこれからも世の中に増えていって、志真人《しまと》くんは世界とつながり続けていく。あんまり中身が濃《こ》い投稿《とうこう》をしちゃうと、志真人《しまと》くんの死を知ってる人に咎《とが》められるかもしれないと思ったけど、誰《だれ》にも害のないちょっとした引用なら、みんな、システムの誤作動《ごさどう》かなくらいに思って流してくれるかもしれない。そう思ってつい、何個か投稿《とうこう》したら、そのうち、それが癖《くせ》みたいになった。志真人《しまと》くんならどんな投稿《とうこう》に『いいね』するかな、この記事を見たらどう言うかな、どう思うかなって、そうやってずっと、志真人《しまと》くんの思想といっしょに生活してたら、いつの間にか、それが私《わたし》の生活になった。そしたらもう、志真人《しまと》くんが生きてるみたいな気配を、どうしても消せなくなって、なにかのきっかけで、ご両親が志《し》真人《まと》くんのアカウントを閉《と》じちゃったらどうしようってこわくなって、とうとうアカウント情報も自分のメアドに変えて……。志真人《しまと》くん、意外にうっかりなとこあったのか、パスワードも、いくつかメモ帳アプリにふつうに書いてあったから、それで結構、ログイン情報、書き換《か》えられちゃったの」

それが、アカウントの乗っ取り。

紗都子《さとこ》さんがどうとらえているかわからなかったが、客観的な事実として、紗都子《さとこ》さんはそのとき、志真人《しまと》のアカウントを乗っ取った。大学近くのカフェで、紗都子《さとこ》さんと初めて話した際、紗都子《さとこ》さんがただのクラスメートとは思えないほど、いやに志真人《しまと》の死について親身に話をしていた理由にも、今ならば合点がいく。

あのときも、紗都子《さとこ》さんは「恋《こい》」をしていたのだ。

とても勝手な恋《こい》を、ひとりでしていた。

そして、紗都子《さとこ》さんは今もひとり、その恋《こい》におぼれている。

紗都子《さとこ》さんは、夢見心地のような瞳《ひとみ》で宙《ちゅう》を見つめながら、ぎゅっと自分の胸《むね》に志真人《しまと》のスマホを押《お》しつけると、そのままそれを抱《だ》きしめた。

「私《わたし》、手放せなかった。だって、このスマホがあれば、私《わたし》は、ずっと……」

紗都子《さとこ》さんが大きく息を吸《す》う。

そして、はく。

その息の中で、紗都子《さとこ》さんは言った。

「ずっと、志真人《しまと》くんの心臓《しんぞう》を、持っている気分でいられた」

その瞬間《しゅんかん》、ぼくはぎゅっと、両方のこぶしをにぎりこんだ。

なんて、残酷《ざんこく》な人だろうと、思った。

本当の志真人《しまと》がかかえていた心臓《しんぞう》は、そんなかたちではなく、そんな色でもそんな手ざわりでも、そんな重さでもなかったというのに。

それから、ぼくは紗都子《さとこ》さんのことを、なんて哀《あわ》れな人だろうと思った。

紗都子《さとこ》さんにも、いくらかはその自覚があったのだろう。紗都子《さとこ》さんは、ぼくの視線《しせん》に気がつくと、はっとし、気まずそうに続けた。

「おかしい、よね。ごめんなさい。ごめん、なさい」

ごめんなさいですむ話ではなかった。

紗都子《さとこ》さんのことを、ぼくはおかしいと思った。

でも、そんなことを言ったら。

志真人《しまと》に毎週たまねぎを届《とど》け続けてきたぼくと、今も志真人《しまと》のスマホをかかえ続けている紗都子《さとこ》さん。

ぼくと、紗都子《さとこ》さんはなにがちがうのだろう。

ぼくと紗都子《さとこ》さんは舵《かじ》の切り方が少しちがっただけで、ずっと、同じかたちの船に乗っていたのかもしれない。

志真人《しまと》のサークルの人たちとはちがい、ぼくらには志真人《しまと》への思いがあった。志真人《しまと》の両親とはちがい、ぼくらはずっと、志真人《しまと》の死から目をそむけ続けてきた。紗都子《さとこ》さんとぼくは、まったくちがう人間であるはずなのに、そんなところだけが、どうしようもなく同じだった。

だからこそぼくは、紗都子《さとこ》さんの謝罪の言葉をすなおに受け入れられず、思わず、話題をすげかえてしまう。

「……それは、ぼくじゃなくて、相馬零一《そうまれいいち》に言うべき言葉じゃないですか。あのとき、相《そう》馬零一《まれいいち》の名前を出したのは、ただ単に、容疑《ようぎ》の目を自分からほかに向けさせるため？」

そう、あの日。紗都子《さとこ》さんは、志真人《しまと》のスマホを持っていることや、アカウント乗っ取りの事実を隠《かく》しただけでなく、あろうことか相馬零一《そうまれいいち》に容疑《ようぎ》をかけた。それは明らかに自分の我《が》を通すための迷惑行為《めいわくこうい》で、そこに同情の余地はない。

するとと紗都子《さとこ》さんは、その罪に関してはじゅうぶん後悔《こうかい》しているようで、うつむきながら、両手で抱《いだ》いていた志真人《しまと》のスマホをゆっくりと胸《むね》の前から離《はな》し、テーブルの上においた。ただ、手はまだそこにおいたまま、離《はな》していない。

「……そう。あのとき、キートくんと会って、キートくんが志真人《しまと》くんのお通夜《つや》にもお葬式《そうしき》にも来てなくて、私《わたし》のこと、全然知らないって確認《かくにん》できて、ほっとした。本当はね、レシピエンヌのアカウントに送ったメッセージに、キートくんから返事がきたとき、私《わたし》、絶望したの。ああ、これでバレちゃうかも。そしたらもう、ぜんぶ、おしまいだって」

それでぼくは、まゆをひそめる。

「そういえば、なんであのアカウントだけ、乗っ取らなかったんですか？」

レシピエンヌのアプリは、志真人《しまと》のスマホにも入っていたはずだ。

あのアカウントも、紗都子《さとこ》さんが更新《こうしん》することはできたはず。

すると紗都子《さとこ》さんは、まるで常識を披露《ひろう》するかのように、平然とその理由を口にする。

「もちろん、あのアプリも見たけど、志真人《しまと》くん、最後にレシピを投稿《とうこう》してからもうずっと投稿《とうこう》してなかったし、ふだんから料理してる感じもなかったから、志真人《しまと》くんが生きてても、このアカウントは更新《こうしん》しないと思ったの。だからあのアカウントは、『更新《こうしん》しないで、放置すること』が正解だと思った。そうすることが、志真人《しまと》くんを生かすことだと思ったの」

紗都子《さとこ》さんのその、確信を持った話ぶりに、ぼくは閉口《へいこう》しかけた口をなんとか開ける。

「でも、ぼくが更新《こうしん》してしまった？」

紗都子《さとこ》さんは、なるべく感情を外に出さないようにと気をつけているかのように、ゆっくりと慎重《しんちょう》にうなずく。それでぼくは、あのとき、紗都子《さとこ》さんからレシピエンヌのアカウントに送られてきたメッセージの内容を思い出した。

〈あなた、誰《だれ》？　なんで志真人《しまと》くんのふり、してるの？〉

あのメッセージが、どこか怒気《どき》をはらんでいるように見えたのは、ぼくが新しいレシピを投稿《とうこう》したことで自分の中の志真人《しまと》像をくずされた紗都子《さとこ》さんが、腹《はら》を立てていたからなのだろう。紗都子《さとこ》さんはぼくの投稿《とうこう》に憤《いきどお》り、その憤怒《ふんど》が、紗都子《さとこ》さんをあの迂闊《うかつ》なメッセージ送信に走らせた。

と、そのときのことを、紗都子《さとこ》さんも思い出したのだろうか。ぼくの前で、紗都子《さとこ》さんの瞳《ひとみ》の奥《おく》が、少し後悔《こうかい》しているかのように暗くなる。

「急にレシピが更新《こうしん》されて、私《わたし》、すごくあせった。志真人《しまと》くんのスマホは私《わたし》の手の中にあって、この世の志真人《しまと》くんは、ぜんぶ私《わたし》が持っていると思っていたのに、私《わたし》のほかにも、この世に残っている志真人《しまと》くんを引きのばして、生かそうとしている人がいる。でも、同志じゃない。私《わたし》は、なるべく目立たない更新《こうしん》をすることで、長く志真人《しまと》くんを生かそうとしていたのに、あのレシピは、すごく志真人《しまと》くんの色を出そうって練られていて、これはこのままにしておくと危《あぶ》ないと思った。志真人《しまと》くんが死んでいることを知っている人が見たら、明らかに気づくって思うくらい鮮《あざ》やかな情報で、もし、そっちの志真人《しまと》くんが偽物《にせもの》だってバレたら、私《わたし》の志真人《しまと》くんにも火の粉が飛ぶ可能性がある。それで私《わたし》、先手を打とうと思った。志真人《しまと》くんのふりをするなんて、やめた方がいいって、素知らぬ顔で伝えようと思ったの」

紗都子《さとこ》さんは、こわい人だ。自分と人をあまりに切り離《はな》して考える。

自分がしていることが正義であることは疑《うたが》わないが、ほぼ同じことをしている人に対しては、自分のことを棚《たな》に上げていることにすら気づかぬまま、激《はげ》しい拒絶《きょぜつ》反応を示す。

と、ぼくは紗都子《さとこ》さんの話を聞きながら、妙《みょう》に冷静になる。

しかし紗都子《さとこ》さんの言葉からは、ずっと熱が消えなかった。

「それでレシピエンヌのアカウントにメッセージを送ったら、まさかのキートくんから返事が来て、しまったって思った。自分からキートくんに接触《せっしょく》しちゃって、しかもキートくんは私《わたし》のこと、ワタナベサトコだと思ってる。なんで私《わたし》の旧姓《きゅうせい》を知っているのか悩《なや》んだけど、たぶんそれは、私《わたし》が大学入学直後は、自分のアカウント名とかプロフィール名に、ワタナベサトコって本名を載《の》せてたからで、キートくんは、どこかでそれを見たのかもしれないって考えた。それか、もしかすると、志真人《しまと》くんのご両親から私《わたし》のことを聞いて、嫌《いや》味《み》で『クラスメートのワタナベさんですよね？』って伝えてきたのかもって可能性も考えて……。それで私《わたし》、とりあえず、すぐにキートくんに会わなきゃって思ったの。絶望してる場合じゃない。なんとか、このピンチをつくろわなきゃって、そう思った」

紗都子《さとこ》さんの説明を聞いて、ぼくはぼんやりと、ぼく自身がスマホを手に入れたばかりのころを思い出す。ぼくがスマホを手に入れたのは、中学入学直前の三月で、それは志真《しま》人《と》の大学入学直前の三月でもあった。

志真人《しまと》は大学に入学する直前まで海外にいたが、入学式前日に帰国し、大学生活に突入《とつにゅう》。

確かにそのころぼくは、ぼくとはちがい、急激《きゅうげき》にフォロワー数を増やしていく志真人《しまと》のアカウントを、よくながめていた。志真人《しまと》がどんな人をフォローしているのか、どんな人にフォローされているのか、どんな会話をしているのか。それを、学ぶように見た。

だからぼくがその中で、当時、「ワタナベサトコ」という名前を目にしていたとしても不思議ではない。そして、レシピエンヌに来たメッセージの送り主のアカウント名から、その忘《わす》れかけていた「ワタナベサトコ」という名前を想起しても、おかしくはなかった。

と、ぼくがそんなことをぼんやりと考えていると、紗都子《さとこ》さんはまた興奮《こうふん》気味に自分の物語の話を続ける。

「でも、さっきも言ったとおり、実際に会ってみたらキートくんは私《わたし》を知っているようすも疑《うたが》っているようすもなくて、今度はそれがチャンスだと思った。実は、キートくんがレシピエンヌのレシピを更新《こうしん》する少し前に、志真人《しまと》くんの別のアカウントに、相馬《そうま》くんからDMが届《とど》いたの。『君島《きみしま》は死んだはずです。故人のアカウントの乗っ取りは、倫理的《りんりてき》に問題があるんじゃないですか』って」

急に、相馬零一《そうまれいいち》の名前が戻《もど》ってきて、ぼくは目をむく。

そんなこと、この間会ったとき、相馬零一《そうまれいいち》は一言も言っていなかった。

しかし、続く紗都子《さとこ》さんの言葉で、納得《なっとく》した。

「相馬《そうま》くんからのDMには返事しなかったんだけど、相馬《そうま》くんが、志真人《しまと》くんのアカウントを生かし続けることに批判的《ひはんてき》だってことを知って、どうにかしなきゃとは思ってたところだった。私《わたし》は相馬《そうま》くんと話したことなかったけど、どこかで私《わたし》が、『君島紗都子《きみしまさとこ》』であることを知られたら、相馬《そうま》くんは私《わたし》を疑《うたが》うかもしれない。そしたら、こんなDMしてくるほど正義感が強い相馬《そうま》くんは、きっと私《わたし》のことを見咎《みとが》めて、志真人《しまと》くんのスマホも取り上げようとする。そう思ったら、こわくて。だからあのとき、私《わたし》、キートくんを相馬《そうま》くんのところに送りこんだの。相馬《そうま》くんが、キートくんを疑《うたが》えばいいと思って」

紗都子《さとこ》さんはとことん、人について妄想力《もうそうりょく》が強い。相馬零一《そうまれいいち》と話したことがないにもかかわらず、初対面のぼくを駒《こま》としてぶつけようとするなんて、なかなかの所業だ。ぼくは生まれ変わっても、紗都子《さとこ》さんが所有するチェスの一部にはなりたくないと思った。

と、同時にぼくは、ぼくという駒《こま》を乱暴《らんぼう》にぶつけられた相馬零一《そうまれいいち》と会話をした、あのときのことを改めて思い出す。思い返してみれば確かにあのとき、相馬零一《そうまれいいち》は、ぼくをとても警戒《けいかい》していたし、ぼくに同情もしていた。そして確かに途中《とちゅう》、まるでぼくの方が、アカウントの乗っ取り犯であるかのように、ぼくにアカウントを乗っ取ることの無意味さを説いてきたのではなかったか。

相馬零一《そうまれいいち》はあのとき、ぼくが自作自演をしていると思ったのだろうか。自分は犯人ではないと、相馬零一《そうまれいいち》にアピールをしにきたように思った？　ぼくのことを、いとこをなくしたショックで、無意識のうちに自ら、いとこになりかわろうとしている、傷《きず》ついたかわいそうな子どもだとでも思っていたのだろうか。

そうだとしたら、とても恥《は》ずかしい。

ただ、確かに相馬零一《そうまれいいち》はあのとき、志真人《しまと》のアカウントをちらっと見ただけで、そんな乗っ取り投稿《とうこう》では毒にも薬にもならないと言っていた。投稿《とうこう》のぜんぶに目を通していたわけではなかったにもかかわらず、そう断言できたのは、ぼくに聞かれる前から、志真人《しまと》のアカウントが乗っ取られていることに気がつき、問題視《もんだいし》していたからなのかもしれない。

でも、まさかDMを送るほどだったとは。

だとしたらぼくは、相馬零一《そうまれいいち》の善悪《ぜんあく》分度器の度合いを、変更《へんこう》しなければならない。

しかし、その前にまず、目の前の人の分度器をこわす必要があった。

それでぼくは、言語化することで自分の罪の重さにようやく気がつきはじめたかのように、肩《かた》を縮《ちぢ》こまらせている紗都子《さとこ》さんに、端的《たんてき》に事実を口にした。

「それは、確かにぼくにも『ごめんなさい』が必要ですね。ひどすぎる」

すると、紗都子《さとこ》さんはさらに小さくなって、うなだれる。

「……ごめんなさい。志真人《しまと》くんの大切ないとこだって、わかってたのに、こんなことして……。でも私《わたし》にとってこのスマホは、それくらい、大事だったの」

この期に及《およ》んで紗都子《さとこ》さんは、問題の主語を「私《わたし》」にしたまま、手放さない。

そんな紗都子《さとこ》さんを、ぼくはとても危《あぶ》ない人だと思った。

危《あや》うい人だとも思った。

そして、やっとすべてを白状したようであるというのに、話が終わっても、いまだにテーブルの上の志真人《しまと》のスマホから手を離《はな》さないでいる紗都子《さとこ》さんを見て、ぼくはこの先の行動をどう切り出すべきか悩《なや》む。でも、どんなに悩《なや》んだところで、ぼくにできることの選択肢《せんたくし》はそもそもあまり多くなく、ぼくは、とうとうだまってかたまってしまった紗都子《さとこ》さんに、ゆっくりりと、今日のぼくの本当の目的を告げることにした。

「あの、紗都子《さとこ》さん」

ぼくの呼《よ》びかけに、紗都子《さとこ》さんはびくりとして、志真人《しまと》のスマホの上においた手に力をこめる。ぼくは、ぼくという人間に対し、まるで野生動物のように緊張《きんちょう》している紗都子《さとこ》さんを、なるべくこわがらせないように、そっと続けた。

「実は今日、ぼくは、本当に志真人《しまと》のスマホがほしかったわけじゃないんです。ただ、とにかく、志真人《しまと》のアカウントの乗っ取りだけはやめてほしくて、それでさっき、紗都子《さとこ》さんにあのメッセージを送りました。自分よりもっと志真人《しまと》のことでおかしくなっている人間がいるって知ったら、紗都子《さとこ》さんも我《われ》に返るかと思って。人のふり見て我《わ》がふり直せ、じゃないですけど」

すると紗都子《さとこ》さんは、目をしょぼしょぼとさせながら、ぼくを悲しそうに、けれど、どこかほっとしたような表情で見る。

「じゃあ、明日、志真人《しまと》くんに会いにいくっていうのは嘘《うそ》なのね」

緊張《きんちょう》から解き放たれたかのような紗都子《さとこ》さんの声に、しかし、ぼくは首を横にふる。

「いや、本当です」

「え?」

紗都子《さとこ》さんの顔に緊張《きんちょう》の種が戻《もど》る。ぼくはその種が育ちきって実をつける前に、早口で続きの言葉を口にした。

「なので、明日、いっしょに会いにいきませんか。志真人《しまと》に」

そう言ったぼくに、紗都子《さとこ》さんはこまった顔で、あいまいにうなずく。

紗都子《さとこ》さんの前で、アイスコーヒーの氷はいつの間にかすべて溶《と》けきっていて、コーヒーの黒さと苦さを、静かに薄《うす》め終えていた。

17

日曜日の次の日の朝は、当然、月曜日の朝だった。

ぼくは、きのう、あのあと、紗都子《さとこ》さんに「一万円」をわたし、この近くのビジネスホテルかどこかで一夜を明かしてほしいと頼《たの》んだ。志真人《しまと》との待ち合わせは、朝の五時だったので、紗都子《さとこ》さんが始発で来ても間に合わないと思ったのだ。紗都子《さとこ》さんは、ぼくのその一万円を最初、拒否《きょひ》したけれど、それを志真人《しまと》の一万円だと思ってほしいと伝えると、すぐに折れた。

そうしてぼくは、開店前の、きのうと同じカフェの前で朝の四時四十五分に、紗都子《さとこ》さんと待ち合わせをすると、時間よりも前にやってきていた紗都子《さとこ》さんとともに、いつもの志真人《しまと》との待ち合わせの公園へ向かった。

最初は、どちらも口はひらかなかった。

ただ、紗都子《さとこ》さんは左手に志真人《しまと》のスマホを持っていて、ぼくは右手にたまねぎを持っていた。紗都子《さとこ》さんはぼくのそのたまねぎを、とても複雑な表情で見ていたので、公園までの十分強の間、ぼくは紗都子《さとこ》さんに改めて、志真人《しまと》から伝え聞いた天国の話をした。天国にはたまねぎがなく、だから志真人《しまと》は毎週月曜、ぼくからたまねぎを密輸《みつゆ》しているのだ、と。

紗都子《さとこ》さんはぼくのそんな話を、とても悲しそうな顔で聞いていたけれど、なにも言わなかった。ぼくも、気にしなかった。そして、話すことがなくなるとぼくは、ぼくの中にほんの少し芽生えた緊張《きんちょう》に心臓《しんぞう》をにぎりつぶされないよう、右手の中のたまねぎの感触《かんしょく》に、意識のすべてを集中させた。

そう、ぼくはこれまで志真人《しまと》に、たまねぎを六つ、届《とど》けた。

今日、ぼくがこの右手ににぎっているたまねぎは、七つ目のたまねぎで、七は虹《にじ》の色の数で、音階の数で、幸運の数だとちやほやされている、割《わ》り切れない数。

そして、曜日の数でもある。

旧約聖書《きゅうやくせいしょ》の創世記《そうせいき》によれば、神さまは六日間で世界をつくり、七日目に休んだ。

それが、安息日《あんそくび》。

七日目は、神さまの休みの日。

神さまだって休む日があることは、志真人《しまと》も言っていたことだ。

だから、この七つ目のたまねぎも、きっと……。

そうして、ぼくが思考をたまねぎの中に溶《と》かしていると、ぼくらはとうとう、いつもの公園についた。

今日も、朝の空気はいつもと変わらずしっとりとしていて、それはまるで、今日という種を育てるための水分を、夜から受けついでいるかのようだった。朝の独特の静けさは、実際に耳をすませるととてもにぎやかで、遠くの方では新聞配達のバイクの音が聞こえ、姿《すがた》の見えない雀《すずめ》たちは、声だけやたらはっきりと、存在感《そんざいかん》を主張する。寝《ね》ている人もいれば、起きはじめた人もいる、そんな家の気配はランダムに配置され、ずっと起きていた人たちを少しだけ仲間はずれにしていて、それはまるで、きのうと今日と明日を、決してまちがえないように、世界に朝をじんわりと染《し》みこませているようだった。

柳《やなぎ》の木があること以外、なんの変哲《へんてつ》もないその小さな公園は、そんな朝に満たされて、今日もとてもさわがしく、静かだった。

静か、だった。

「……いない、ね」

いつもの柳《やなぎ》の木の下を、ぼうっと見つめるぼくを見て、紗都子《さとこ》さんは、ずいぶんと長い間、ぼくの言葉を待ったあと、おずおずとそう言った。その言葉を受けてぼくは、右手の中のたまねぎをぎゅっとにぎり、小さくうなずく。

そして、しぼり出すような声で、言った。

「休み、なんだと思う」

右手の中でたまねぎは、今にもつぶれてしまいそうだった。

そんなぼくに紗都子《さとこ》さんは、きのうよりずっと落ちついた、地に足のついた大人のような声で、そっとたずねる。

「……それは、どのくらい長いお休み？　今回だけ？　それとも……」

明言をさけた紗都子《さとこ》さんの語尾《ごび》を、ぼくは渾身《こんしん》の力で引き受ける。

ぎゅっと一度目をつむると、うなずいた。

「たぶん、長い休み。安らかなタイプの」

「そっか」

紗都子《さとこ》さんのそのつぶやくような声は、ほっとしているようにもがっかりしているようにも聞こえたけれど、どちらにしてもとても小さな声だったので、すぐに、まやかしのような秋の朝の空気のはざまにとけて消えていった。

それでもぼくらはしばらく、どちらもその場から離《はな》れることができなくて、そのまま無言でその場に立ちつくし、体に朝をおぼえこませた。

それから、どれだけの時間が流れたかわからない。

たぶん、そんなに流れてはいなかったと思う。ただそのとき、急に乾《かわ》いた声が聞こえ、その声は、ずっとうまく次の時間に進めずにとどこおっていたぼくらを、動かした。

「こら！」

それは、紗都子《さとこ》さんの声ではなかった。

もっと生きていて、動いていて、けれど少し古めかしい声だった。とても感情的な声で、その声によって現実に引き戻《もど》されたぼくたちは、びくりとして声の方を向く。

するとそこには、かたわらに柴犬《しばいぬ》をつれた、見知らぬおじいさんが立っていた。そしておじいさんは、怒《いか》りを顔いっぱいに広げた非常におっかない形相で、ぼくに向かってくる。

そして、ぼくの右手をにらみつけると、再度さけんだ。

「おまえか！　毎週毎週、ここにたまねぎをおいていきよって！　ほんのいたずらのつもりか知らんが、いいか！　犬猫《いぬねこ》はたまねぎは食えん！　うちのを、たまねぎ中毒で殺す気か！　毎週回収《かいしゅう》するこっちの身にもなれ、このくそ坊主《ぼうず》が！」

おじいさんは、怒《おこ》っている。

とても、怒《おこ》っている。

毎週、ここにたまねぎをひとつ、おいていっていたぼくに、とても怒《おこ》っている。

しかし、ぼくが謝罪の言葉を口にする前に、となりで紗都子《さとこ》さんが口をひらいた。

「ごめんなさい」

紗都子《さとこ》さんの声はふるえていて、ちらりと見やると、その両目からは、ぼろぼろと涙《なみだ》がこぼれ落ちている。それでぼくも、おじいさんに向かって頭を下げた。

「……ごめんなさい」

心なしか、ぼくも唇《くちびる》に、ちょっとした塩気を感じた。

すると、あんなに怒《おこ》っていたおじいさんが、ぼくたちのたった一回の謝罪で、一気にクールダウンし、逆におじいさんの方がしどろもどろになった。

「いや、わかればいいんだ。わかれば。ったく、ものを知らないやからが増えてこまる。どうなってんだ、この世はほんとに……」

と、おじいさんは、ぶつくさと空気の中に怒《いか》りを分散させながら、ぼくらに背《せ》を向け、手の中のリードを乱暴《らんぼう》に引いて柴犬《しばいぬ》を引っぱり、去っていく。ふりまわされたその茶柴《ちゃしば》の、黒豆のようなつぶらな瞳《ひとみ》と目が合って、ぼくはその瞳《ひとみ》に、心の中でもう一度あやまった。

ごめん。本当、馬鹿でごめん。
ぼくのとなりで紗都子《さとこ》さんは、志真人《しまと》のスマホに顔をうずめて泣いていた。

18

それからぼくは、紗都子《さとこ》さんとともに家に帰った。

月曜日の早朝に、息子がいきなり知らない女性をつれてきたら親はさぞかしびっくりするだろうとは思ったが、泣きはらした顔の紗都子《さとこ》さんに、「じゃあ、これで」と別れを告げるわけにもいかず、店は当然、まだどこも開いていなかったので、ほかに選択肢《せんたくし》はなかった。

それに、知らない女性と言っても、紗都子《さとこ》さんは志真人《しまと》の配偶者《はいぐうしゃ》だ。

一応、親族ということになる。

ということで、ぼくは紗都子《さとこ》さんを家にまねき、キッチンとつながったリビングダイニングに案内すると、最初は一応、ソファをすすめた。しかし、ぼくも紗都子《さとこ》さんも、体から水分を出しすぎてしまったせいか、頭がぼうっとしていて、ソファにならんですわり、楽しいおしゃべりに興じる気分には、とてもなれなかった。

それでぼくは、まるでそこにはりついているかのように、ずっと、ぼくの手におさまったままでいたたまねぎをちらりと見ると、紗都子《さとこ》さんにそれをかかげて見せた。

「あの。俺《おれ》、これからこれをみじん切りにしようと思うんですけど、よかったら、紗都子《さとこ》さんもどうですか」

それは思考を重ねた上で出た言葉ではなかったけれど、口にしてみると、実に妙案《みょうあん》だと思った。そして、ぼくの誘《さそ》いに、一瞬《いっしゅん》首をかしげた紗都子《さとこ》さんも、すぐにその意図に気がついたのだろう。笑ってうなずいた。

それでぼくは、決して広いとは言えないぼくの家のキッチンに入り、手を洗《あら》う。いざ、行動をはじめてみると、ぼくの右手からはたまねぎが、思ったよりもかんたんに、するりと離《はな》れた。それは、紗都子《さとこ》さんの手ににぎられたままだった志真人《しまと》のスマホに関しても、同じだった。

そして、ぼくはレシピエンヌに初めてレシピを投稿《とうこう》したとき以来数週間ぶりに、たまねぎの皮をむいた。いちばん外側の茶色い薄皮《うすかわ》を、最初は力強く、それからは繊細《せんさい》に、ペリペリとはがした。

幸いなことにそれはよく乾《かわ》いていて、腐《くさ》ってもいない、とてもよいたまねぎだった。

それでぼくはほっとして、キッチンの作業台に大きな白いまな板を出し、二本ある包丁のひとつを、紗都子《さとこ》さんにわたした。母親の趣味《しゅみ》が反映《はんえい》されたその包丁は、どちらも白いセラミック包丁で、少しもギラギラしておらず、あまり刃物《はもの》という感じがしない。そのことが、今はとてもありがたかった。

ぼくはまな板の上で、まるいたまねぎを半分に切ると、片方《かたほう》を紗都子《さとこ》さんにわたす。そしてぼくらは、どちらからともなく、それぞれのやり方で、それを、みじん切りにした。

小さく、とても小さく、きざんだ。

ゴーグルなど、もちろんしていなかったので、目にはすぐに、あのつんとした独特な刺《し》激《げき》が飛んできて、ぼくの目からも紗都子《さとこ》さんの目からも、涙《なみだ》があふれ出た。ねらいどおり、先ほど公園で流した涙《なみだ》の痕《あと》は、これで偽装《ぎそう》工作できそうだ。そのあまりにみごとな効果に、なんだか途中《とちゅう》から笑えてきてしまい、ぼくと紗都子《さとこ》さんはふたりとも、うへ、とも、えへ、とも取れない、なんとも不気味な笑い声を立てながら、夢中になってたまねぎを切った。

そのうち、ひとつでは物足りなくなり、ぼくらは次のたまねぎに手をのばした。幸い、この家のたまねぎストックは、補充《ほじゅう》されたばかりだったようで、ぼくらにはいくらでも次があった。

しかし、そうして、数にしておそらく七つ以上のたまねぎを切ったころ。

そのにおいは部屋中に充満《じゅうまん》し、その間、物音も立っていたので、母親がいつもより早い時間に、ばたばたと起きてきて、部屋に飛びこんできた。

「ちょっと、あんた、なにやってんの！　え、あ、だ、ど、どなた？」

こんなにおどろいている母親を、ぼくは初めて見た。

目は大きく見ひらかれ、キッチンに立っているぼくと、紗都子《さとこ》さん、そして大量のみじん切りで、視線《しせん》は何度も三角形を作る。

それもそのはずで、今、この部屋にはおどろきしかなかった。

ぼくは、そのことに改めて笑ってしまい、しかしさすがに紗都子《さとこ》さんは恐縮《きょうしゅく》して、頭を下げた。

「うあ、ご、ごめんなさい、朝からお邪魔《じゃま》して、あの、私《わたし》、キミ……。あ、いや、ワタ……。あの、いえ、やっぱり、君島紗都子《きみしまさとこ》です」

「君島《きみしま》？」

当然、母親はその名前にまゆをひそめ、しかし、すぐに、「あ」となにかに気づいたような表情になった。おじさんは、志真人《しまと》の結婚《けっこん》のことは誰《だれ》にも話していないと言っていたけれど、おばさんはもしかすると、ぼくの母親には話していたのかもしれない。それにぼくの母親は、志真人《しまと》の通夜《つや》にも葬式《そうしき》にも出ている。紗都子《さとこ》さんとどこかで顔を合わせていても、不思議ではなかった。

それでもぼくは、一応、念を押《お》す。

「志真人《しまと》の結婚《けっこん》相手だって。つまり、親戚《しんせき》」

その言葉に、ぼくのとなりで紗都子《さとこ》さんが、えっ、と顔を上げて、ぼくを見る。でも、ぼくは手元の包丁に集中していたので、紗都子《さとこ》さんを見返すことはできなかった。

特に、見返す必要もなかった。

なにしろ、ぼくは事実しか言っていないのだ。志真人《しまと》は別に、だまされていたわけではなく、自らの意思で紗都子《さとこ》さんと結婚《けっこん》した。そのことに異議《いぎ》を唱えるほど、ぼくはもう、子どもではなかった。

すると、まだ寝《ね》ぼけた表情を顔に残していた母親が、ゆっくりと訳知《わけし》り顔になり、そのあとすぐに、神妙《しんみょう》な顔になって、うなずく。

「そっか……。志真人《しまと》くんの」

そして、それ以上そのことについては追及《ついきゅう》せず、かわりにこの凄惨《せいさん》な現場について、状《じょう》況《きょう》説明を求めた。

「で、あんたはなにしてんの」

たまねぎをみじん切りしていたのは、ぼくだけではなく、紗都子《さとこ》さんもであったというのに、母親はぼくだけを切りぬいて、あきれ顔になる。

それでぼくは、大真面目な顔で言った。

「朝ごはん、作ろうと思って」

母親は、ぼくのそのとても堂々《どうどう》とした答えに、すべてをあきらめたのか、肩《かた》をすくめて首を横にふる。

「あー、もう、はいはい。みじん切りは冷凍《れいとう》すればいいから別にいいわ。で？　なに？　朝ごはん？　メニューは？」

母親の乱暴《らんぼう》な問いかけに、ぼくは、しばし思案する。しかし、自分の中で、どれだけたまねぎのレシピを検索《けんさく》しても、ろくなレシピがヒットしなかった。

それでぼくは首をかしげながら、母親がその答えを軽くはらいのけてくれることを期待しつつ、苦しまぎれに口をひらく。

「……おにぎり、とか？」

すると母親は、食い気味に、

「はい、オニオングラタンスープね。寒いし。ほらほら、どいて。もう」

と、ぼくのせいいっぱいのジョークを雑に処理《しょり》し、ついでに物理的にも、ぼくたちをキッチンから追い出した。

ふだん、そんなメニューが食卓《しょくたく》にならんだことなどなかったが、紗都子《さとこ》さんという来客の手前、見栄を張ったのだろうか。実際、母親はそのあと、紗都子《さとこ》さんにはいすをすすめ、ぼくには紗都子《さとこ》さんにお茶かコーヒーを出すように命じた。

そして、寝癖《ねぐせ》もととのえていないボサボサの髪《かみ》のまま、母親はてきぱきと、ぼくたちのみじん切りを、保存用《ほぞんよう》ポリ袋《ぶくろ》や鍋《なべ》の中に放りこみ、実用品に変えていく。その同じキッチンの端《はし》でぼくは、少しの間、ぼうっと立ちつくしたあと、インスタントコーヒーで、まよわずカフェラテを作りはじめた。

そんなぼくの横顔を、鍋《なべ》に火をつけた母親は、じっと見つめている。

しかしぼくは、そんな母親に視線《しせん》を返しはしなかった。

ぼくは王道の思春期を選択《せんたく》し、母親の視線《しせん》の気配を、頑《がん》として無視《むし》する。

すると母親は、ぼくになんの説明もする気がないことを悟《さと》ったのか、やがて、ふうっと息をつくと、ひとりごとにしては大きく、ぼくに伝えるには小さな声で言った。

「……よかった。もう、大丈夫《だいじょうぶ》そうね」

その声に、ぼくはインスタントコーヒーの溶《と》け具合を確かめようと、カップの中をのぞきこむついでに、かすかにうなずいた。

19

〈お世話になった皆様《みなさま》へ
突然《とつぜん》ではございますが、@shimato_kimishima が逝去《せいきょ》いたしましたことを、
ご報告させていただきます。
生前お世話になった皆様《みなさま》のご厚誼《こうぎ》に、心より深く感謝申し上げます。
なお、本アカウントは、防犯の観点から今月末をもって削除《さくじょ》いたしますが、
@shimato_kimishima が皆様《みなさま》の心のうちに、何かを残せておりましたら幸いです。
ありがとうございました。
親族一同〉

20

紗都子《さとこ》さんと家でオニオングラタンスープを飲んだ次の週末。

ぼくらは再度、ぼくの家の近くのカフェに集まり、お互《たが》い温かいカフェラテを飲みながら、志真人《しまと》のアカウントひとつひとつに、志真人《しまと》の死を知らせる投稿《とうこう》をした。

そして、ぼくらはその投稿《とうこう》の中で宣言《せんげん》した今月末に、また同じ場所で会う約束をし、その間、志真人《しまと》のスマホは紗都子《さとこ》さんが持っていることになった。

「紗都子《さとこ》さんが持っててていいんじゃないですか」

そう言ったぼくに、紗都子《さとこ》さんは意外そうに目をまるくして、とまどったようすを見せたけれど、ぼくは別に紗都子《さとこ》さんを試したわけではなかった。純粋《じゅんすい》に、アカウントを消す最後の最後の瞬間《しゅんかん》までは、紗都子《さとこ》さんがそれを持っていることが道理であり、責任だと思った。

それに、紗都子《さとこ》さんが「志真人《しまと》の心臓《しんぞう》」とまで呼《よ》んだそれを、紗都子《さとこ》さんからすぐに取り上げるより、紗都子《さとこ》さんが紗都子《さとこ》さんのペースで、じゅうぶんに時間をかけ、自分の心《しん》臓《ぞう》から引きはがした方がいい気がした。その方が、紗都子《さとこ》さんの痛《いた》みも少ないだろうと思ったし、無理に引きはがせば、その傷《きず》はまたすぐに膿《う》んでしまうとも思った。

ぼくもぼくで、志真人《しまと》のすべてのアカウントに投稿《とうこう》を終えたあとは、もう自分から志真《しま》人《と》のアカウントを見にいくようなことはしなかった。ただ、約束した月末に、最後の投稿《とうこう》を確認《かくにん》したところ、投稿《とうこう》についていた「いいね」の中に、「@zeroichi0101」というアカウント名を見つけた。

その「いいね」にどういう意味があったのか、ぼくにはわからない。

ただとりあえず、そのアカウント名を見てぼくは、相馬零一《そうまれいいち》が、ぼくが思っていた以上に、自分の名前に対して深い思いを抱《いだ》いていたことを知った。

そして、すべてのアカウントを消し終えると、ぼくと紗都子《さとこ》さんは事前に訪問《ほうもん》を約束していた志真人《しまと》の実家を訪《おとず》れ、志真人《しまと》のスマホを、おじさんとおばさんに返却《へんきゃく》した。

紗都子《さとこ》さんはおじさんとおばさんに、何度も何度も頭を下げていて、それに対しておじさんとおばさんは、何度も何度も首を横にふり、紗都子《さとこ》さんの肩《かた》に手をそえた。紗都子《さとこ》さんに、「なにかあったら、いつでも頼《たよ》ってくれてかまわない」とまで言っていた。

最後、志真人《しまと》の家を出る際、おばさんが志真人《しまと》のスマホを、両手で、まるで生まれたての我《わ》が子を抱《だ》くかのように大切にかかえていたことが、少し気にならないわけではなかったが、もうアカウントはすべて削除《さくじょ》してあり、アプリも消してある。おじさんとおばさんが、あのスマホから外に向けて志真人《しまと》を発信することはもうできないはずで、それ以外の思い出とどう生きていくかは、個人の自由だと思った。

そう。すべてのアカウントを削除《さくじょ》し、これで終わり。

そのはずだった。

ただ、本当のことを言うと、ひとつだけ、残っているアカウントがあった。

そのことは紗都子《さとこ》さんにも伝えてあり、紗都子《さとこ》さんも反対していない。

それは、おじさんとおばさんは、知らないアカウント。

ぼくは、レシピエンヌのアカウントを、残すことにした。

21

それは、紗都子《さとこ》さんと例のカフェにて、志真人《しまと》のアカウントに志真人《しまと》が他界した報告の投稿《とうこう》をするため、情報を整理していたときのこと。

志真人《しまと》の保有アカウントを確認《かくにん》する作業の中で、ぼくはふと、レシピエンヌのアカウントの処遇《しょぐう》について思い悩《なや》んだ。レシピ閲覧《えつらん》・投稿《とうこう》サービスというアプリの仕様上、訃報《ふほう》の情報のみ投稿《とうこう》することはアプリの使い方に反する気がしたし、そもそもこのアカウントはずっとほぼ機能していなかったため、もはや閲覧者《えつらんしゃ》もいない気がする。

いや、ひとりは、確実にいた。

それでぼくは、迷惑《めいわく》をかけたにもかかわらず、いろいろと協力をしてくれた佐藤《さとう》さんのことを思い出し、志真人《しまと》のアカウント乗っ取り問題について、一応の決着がついたことを、佐藤《さとう》さんには報告すべきかもしれないと思いいたった。

ついでに、最後に会った日に、佐藤《さとう》さんがエレベーターホールでわたしてくれた紙のことも思い出し、ぼくはその日、家に帰ると、その紙をなんとかさがし当てた。

あの日、帰宅《きたく》後にポケットから出し、机《つくえ》の上に適当に放置してしまったその紙は、折りたたまれたままになっており、ひらけばそこには、佐藤《さとう》さんが志真人《しまと》のアカウント奪還《だっかん》のために描《か》いてくれた図があるはずだった。ただ結局ぼくは、この紙を見ずに作戦を決行してしまったため、佐藤《さとう》さんの労力を裏切《うらぎ》ったようで、今さらながら罪悪感がつのる。失礼な報告をしないためにも、一応、中身を改めて確認《かくにん》しておこうと思った。

しかしそう思って、その紙をていねいにひらいたところで、ぼくはやっと、あのとき佐《さ》藤《とう》さんが、押《お》しつけるようにしてまでも、この紙をぼくにわたしたその真意を知った。

そこには思ったとおり、青いインクで志真人《しまと》のアカウント奪還《だっかん》作戦の図が記されていたが、そのすみには、赤いインクで小さく、作戦外の言葉も書かれていたのだ。

いつ、書いたのだろう。

きっと、ぼくが鼻をかむために、佐藤《さとう》さんに背《せ》を向けていたときだ。

そこには、こうあった。

〈もし、すべてが落ちついて、気が向きましたら、ぜひご連絡《れんらく》ください。

確かに最初のレシピとはちがいますが、

新しいレシピの個性にも、なんだかどうしようもなく惹《ひ》かれるんです。

調子のいいことばっかり言う、心のけがれきった大人でごめんなさい。

でも、待ってます〉

そして、そのメッセージは、まるで「正解！」とでもいうかのように、大きな赤マルでかこまれている。そのことを、ぼくは単純《たんじゅん》に、うれしいと思った。

連絡《れんらく》をしたところで、「ぼく」になにがどこまでできるのか、見当もつかない。ただ、なんだかんだ、初めてレシピを投稿《とうこう》したときのあの高揚感《こうようかん》はまちがいなくぼくのものだったし、佐藤《さとう》さんとのスリー・モア・レシピの約束を果たそうと躍起《やっき》になり、テスト勉強よりも熱心にたまねぎについて調べ、備考用ポエムを書いたあの時間の集中力も、ぼくのものだった。それだけは確かだ。

ということは、この先、ぼくがこのアカウントを通じて、どんな失敗をしても、どんな恥《はじ》をかいても、それはすべてぼくのもので、しかし、それを笑ってくれる七つ上のいとこはもういない。

でも、だからなんだろう。

馬鹿なことも、おかしなことも、きっと今しかできない。

なにせ、天国にはたまねぎがないのだ。

ほんの少しの辛《つら》さも痛《いた》みも涙《なみだ》も許されない天国に行く前に、ここで流しておくべきものが、きっと、たくさんある。

だからぼくは、佐藤《さとう》さんからのメモを改めてていねいにたたんで机《つくえ》の引き出しにしまうと、レシピエンヌのアプリを立ち上げ、ゆっくり、ゆっくりと、会員情報をひとつひとつ変更《へんこう》した。

キミシマ　↓　タカラダ
君島《きみしま》　↓　宝田《たからだ》
シマト　↓　キイト
志真人《しまと》　↓　生糸《きいと》

こうして、君島志真人《きみしましまと》は、宝田生糸《たからだきいと》になった。

「結局、おまえが乗っ取るんかい！」

背後《はいご》で、志真人《しまと》がそう言って笑った気がしたが、ぼくはふりかえらなかった。

そのかわり、ぼくは心の中で念じる。

大丈夫《だいじょうぶ》。もういいよ、志真人《しまと》。

志真人《しまと》の魂《たましい》を、ぼくはやっと、消化できた。

もし、今後レシピが記事になることになったら、志真人《しまと》のこともぜんぶ話すし、最初の三つのレシピは「シマウマオニオン」のだって、ちゃんと書いてもらうことにする。

あ、ということは、この名前も変えないとな。自分の名前、考えないと。

「考えてやろうか?」

いや、大丈夫《だいじょうぶ》。自分で考えるよ。

「そうか。じゃあ、まあせいぜい、せいいっぱい中二っぽいやつ考えろよ。あ、ちょー待って、今、めっちゃヤバいの降《お》りてきた。な、『天使の吐息《といき》』にしろよ。キイトって、逆から読んだら吐息《といき》じゃん! で、『天使の吐息《といき》』。やば! くっそ厨二《ちゅうに》! あ、待て待て待て。それか! か! 『ニンジンモスキート』は? やば。最高じゃね? わかるか? モスキート。蚊《か》だよ、蚊《か》。あの、血、吸《す》うやつ。レシピエンヌの担当者《たんとうしゃ》、にんじんのレシピもどうかって言ってたんだろ? 『にんじんも好き』、で、いいじゃん。な? そうしろって、キート。……な、キート。キート? キー……」

…………。

「……そっか、そうだよな。おし、うん、わかった。あーっと、じゃあ、まあ、これからも体は大事にしろよ。月曜も、もう起こしてやんないからな。おまえのことだから、これからもいろいろ悩《なや》むんだろうけど、それがおまえの長所だ。悩《なや》め、悩《なや》め。あ、けど、おかしいとか、ふつうとかは、もう気にすんな。人間、みんなおかしくて、それがふつうだ。もう、わかったろ。だから、おまえも好きに生きて大丈夫《だいじょうぶ》！　いいな！　……よし。ん、本当にもう言うことねーな。じゃあ俺《おれ》、もう行くわ。俺《おれ》、超絶忙《ちょうぜついそが》しいし。じゃあな。……じゃあな、生糸《きいと》」

そのとき、たまねぎを切っていたわけでもないのに、ぼくの両目にはなぜか涙《なみだ》がたまっていて、でも、ぼくはその声に、決して返事をしなかった。

22

結局、ぼくがあの八月の終わりから、ほんの二か月ほどの間、経験したことが、なんであったのか、いまだによくわからない。

ただ、時系列《じけいれつ》に、いろいろとおかしな点があったことについては、ぼくもずっと、うすうす気がついていた。それでも、それを見て見ぬふりし続けてしまったのは、ひとえに、ぼくがずっと、湯船につかるように、その生温かい空気に身をゆだねていたかったからで、その点、ぼくはおじさんやおばさん、そして紗都子《さとこ》さんのことを責められない。

ただ、それでもぼくは、他人が弱さと呼《よ》ぶかもしれないその時間を過ごしたことを、今も後悔《こうかい》はしていない。あれはぼくにとって必要だった時間で、あの時間があったからこそ、ぼくは最終的に、のらりくらりとでも復活することができた。

復活することが、できたのだ。

そもそも志真人《しまと》は最初からずっと、待ち合わせに月曜の朝を指定していた。

日曜の終わりは月曜のはじまりで、夏休みの終わりは、二学期のはじまり。

そんなはじまりが重なる二学期の月曜日は、ちょっとしたきっかけで家から出られなくなってもおかしくない日だった。

でもぼくは、志真人《しまと》との待ち合わせがあったことで、この二か月、なんとかその日を、寝坊《ねぼう》せずに生きぬくことができたのだ。

もちろん、それがこの世の唯一《ゆいいつ》の生きぬき方でないことは、志真人《しまと》自身が証明していたのでわかっていたけれど、あのときの志真人《しまと》が、あえてその時間を指定したということはつまり、結局はぼく自身が、そういう生き方をしたいと思っていたということなのだろう。

ぼくはそれを、そろそろ認《みと》めなければならない。

そう、確かにぼくらは、志真人《しまと》が死ぬまでずっと、互《たが》いの中の互《たが》いを生きることで、この世を渡《わた》り歩いてきた。ぼくはそのことをこれまで、志真人《しまと》のようには清々《すがすが》しく、あっけらかんと認《みと》めることができないでいたけれど、ぼくがどんなにひねくれたところで、それはまぎれもない事実だ。

でも、志真人《しまと》がこの世からいなくなり、ぼくはその軸《じく》を失った。ぼくはもう、生きることに付随《ふずい》するあらゆる口実を、志真人《しまと》に求めることができなくなり、ひとりで立って歩かなければならなくなった。そのしんどさに、ぼくは一度どころか、正直六回ほど、目をそむけたくなったけれど、遠回りをして、空回りをして、ぼくは今やっと、ぼくだけの道を、自分で歩けるようになった。

ただ、だからと言って、ぼくは志真人《しまと》を完全に失ったわけじゃない。志真人《しまと》の主張や望みは、すべてぼくの中でひとつの視点《してん》になり、ぼくはこれから、その視点《してん》をかかえて、この目でこの先の時間を見つめていく。

それから、これから毎年命日には、志真人《しまと》の墓の前に、たまねぎを供《そな》えようとも思っている。それは、シマウマオニオンという名前で、たまねぎのレシピばかりを投稿《とうこう》し続けていた、たまねぎ好きの志真人《しまと》への純粋《じゅんすい》な手向《たむ》けだ。

そしてぼく自身も、これから毎日できるかぎり、たまねぎを食べるつもりでいる。

なにせたまねぎには、血をさらさらにする効果があり、心臓《しんぞう》はその血を体中に運ぶ臓器《ぞうき》だ。心臓《しんぞう》の弁に難《なん》をかかえていた志真人《しまと》にとって、たまねぎを食べるという行為《こうい》は、生きようと努力することと同義だったのかもしれない。

そして偶然《ぐうぜん》にもぼくは今、これから先、そういう努力をしたいと思っている。

これは憧《あこが》れでも真似でもなく、ほかでもないぼく自身の望みであり、責任だ。

なにしろ、天国にたまねぎはない。

ならば今、たらふく食べておいた方がいいだろう。

この世の酸《す》いも甘《あま》いも、すべてを味わいつくし、苦味や辛味《からみ》を涙《なみだ》で流しこんで、人は、とびきりのユーモアを生み出して生きるのだ。

〈「天国にたまねぎはない」さんが、新しいレシピを投稿《とうこう》しました！〉

（おわり）

著 者　**久米絵美里**（くめ・えみり）
1987年、東京都生まれ。慶應義塾大学法学部政治学科卒。『言葉屋』で第5回朝日学生新聞社児童文学賞、『嘘吹きネットワーク』（PHP研究所）で第38回うつのみやこども賞を受賞。著書に「言葉屋」シリーズ、『君型迷宮図』（以上、朝日学生新聞社）、「嘘吹き」シリーズ（PHP研究所）、『忘れもの遊園地』（アリス館）などがある。

装画・挿画　**まるみち**
1991年、福井県生まれ。東京都在住。桑沢デザイン研究所卒。
X（旧Twitter）やpixivにてイラストを投稿している。　Xアカウント：@maruimichi

デザイン…bookwall　　DTP…ローヤル企画

〈P110、112画像内挿画〉　フリーイラスト素材集 ジャパクリップ、illustAC
〈参考文献〉　山口悟『身のまわりのありとあらゆるものを化学式で書いてみた』　ベレ出版　2020年

天国にたまねぎはない

2024年7月25日　第1刷発行

著 者　久米絵美里

発行人　見城 徹

編集人　中村晃一

編集者　渋沢 瑶

発行所　株式会社 幻冬舎
〒151-0051 東京都渋谷区千駄ヶ谷4-9-7
電話：03（5411）6215（編集）　03（5411）6222（営業）

印刷・製本所　株式会社 光邦

検印廃止

万一、落丁乱丁のある場合は送料小社負担でお取替致します。小社宛にお送り下さい。
本書の一部あるいは全部を無断で複写複製することは、法律で認められた場合を除き、著作権の侵害となります。
定価はカバーに表示してあります。

©EMIRI KUME, GENTOSHA 2024
Printed in Japan

ISBN978-4-344-79201-2　C0093
ホームページアドレス：https://www.gentosha-edu.co.jp/
この本に関するご意見・ご感想は、下記アンケートフォームからお寄せください。
https://www.gentosha.co.jp/e/edu/